新潮文庫

父の縁側、私の書斎

檀　ふみ著

目次

父の縁側、私の書斎

能古島の家

月壺洞

昭和五十年、月壺洞にて執筆中の一雄

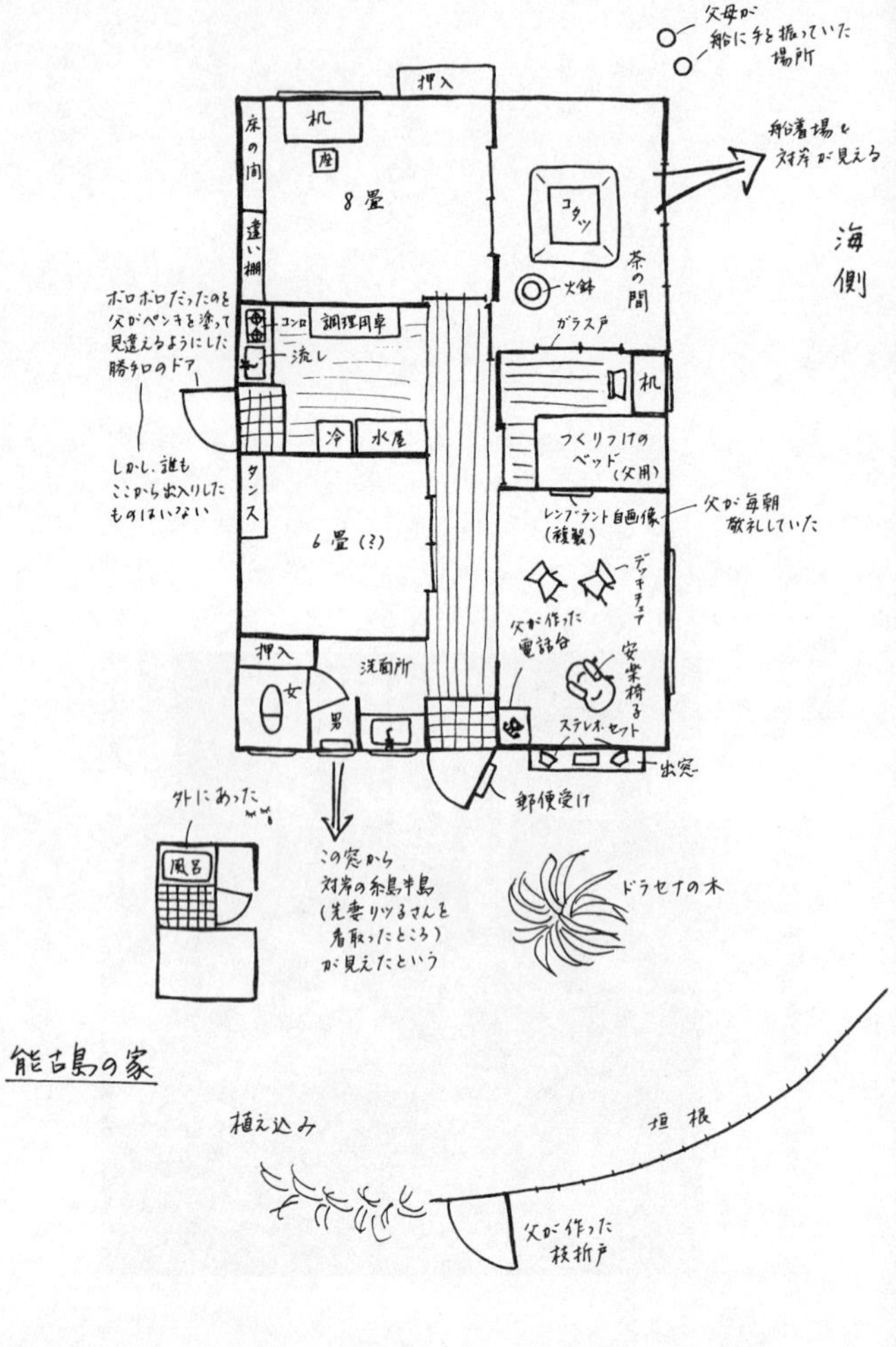

能古島の家
父母が船に手を振っていた場所
押入
机
床の間
座
8畳
違い棚
コタツ
船着場と対岸が見える
海側
火鉢
茶の間
ボロボロだったのを父がペンキを塗って見違えるようにした勝手口のドア
コンロ
調理用卓
流し
ガラス戸
机
冷
水屋
つくりつけのベッド（父用）
しかし、誰もここから出入りしたものはいない
タンス
6畳（?）
レンブラント自画像（複製）
父が毎朝敬礼していた
デッキチェア
父が作った電話台
安楽椅子
押入
洗面所
女
男
ステレオセット
出窓
郵便受け
外にあった
風呂
この窓から対岸の糸島半島（先妻リツ子さんを看取ったところ）が見えたという
ドラセナの木
植え込み
垣根
父が作った枝折戸

「引越しらしい引越しをしたことがない」

と、父は遺作となった『火宅の人』に書いている。

「生涯何十回となく引越したろうが、いつも手ぶらで、ノソノソと新しい家にもぐりこんでいっただけである」

「まるで、その部屋をガラクタで埋めて、埋め終るとハイそれまでよ、とまた新しい無染の環境に向って走り出して行くかのようだ」

ここのくだりに行き当たったとき、ハラリと一枚、目からウロコが落ちるような思いがした。

病床で父がこの本を書き上げてから、私がきちんと読み通すまで、じつに二十五年の月日が流れていた。その四半世紀のあいだに、どうやら私は、父を石神井《しゃくじい》の家にがんじがらめにしばりつけてしまっていたらしい。

父は私にとって、生きているときはもちろん、死んでからも石神井の主《あるじ》だった。思い出のなかにはいつも、食堂の大テーブルの指定席にどっかりと腰をおろし、ビールを飲み、煙草《たばこ》を吸い、料理をし、『刑事コロンボ』を見、ときに子供たちに訓戒を垂れている父がいる。

だが、よく考えてみれば、私が父と過したのはたかだか二十年。そのうち半分は、「火宅の人」としてほとんど家に帰っていなかったわけだし、残りの半分にしたって、家に落ち着いていた時間がどのくらいあっただろう。

石神井の家と父とのつながりは、私が思っているより、ずっと薄かったのではないか。「母方の祖父母の家に預けられ、また父方の祖父母の家に預けられ、それからまた転々、自分の部屋など、幼年の日から未《いま》だかつて持ったことがなかった」父に、果たして「我が家」という認識があったかどうかさえあやしい。

石神井の真の主はじつは、生まれてからべったりと家にへばりついている私たち兄妹《きょうだい》で、父はときどき様子を見にやってくるだけの「お客さん」だったのである。

「新しい環境を、その都度自分の流儀で埋め尽し、埋め終ると同時に別の天地に遁走《とんそう》したくなる」（『火宅の人』）

そう、たしかにそうだった。それが父だったかもしれない。

石神井の家を、くさぐさのモノと家族と思い出で埋め尽くし、父はそろそろ「遁走」したくなっていたのだろう。だから、旅行のつもりで出かけたポルトガルに一年半も腰を落ち着け、日本に帰ってからも、「東京は身体《からだ》に合わない」と、逃げるようにして「別の天地」を求めたのである。

たしかに、本当に身体の具合が悪かった。なんとか健康を取り戻したいと、九州の断食《だんじき》道場に入り、ひと月ほどそこで過してみた。

だが、具合はよくなるどころか、衰弱してますます悪くなってしまった。とても、東京に帰るどころではない。ひとまず近くの空気のいいところで静養したほうがいいと、知り合いの別荘を借りることになった。そこが、博多湾のなかに浮かぶ能古島《のこのしま》だった。

もともと、父にはどこか遠くの島で暮らしたいという思いがあった。頭のなかでは、候補地として、長崎の五島列島あたりを思い描いていたらしい。そういえば、中学生の夏休みに、下の兄と妹と私と、父に連れられて小値賀島《おぢかじま》で過したことがある。しかし、五島列島では、あまりにも交通が不便である。当時はファックスなどなかったから、原稿のやりとりにも不安がある。

その点、能古島は、博多の灯が海の向こうにチラチラと瞬《またた》くところにある。対岸までフェリーでわずか十分ほど。煙草一服の時間である。車の乗り入れが限られているせいか、驚くほどひなびた雰囲気を残しており、静かで空気がおいしい。貝も魚もおいしい。船着場のそばには郵便局もある。父は、能古島がすっかり気に入ってしまった。

むずむずと濫費《らんぴ》の大王様の虫が蠢《うごめ》く。

能古島に家を買ったという話を聞いて、私は仰天した。いったいぜんたい、どこにそんなお金があったのだろう。

「ないのよ。だから、あなたのお金を使わせていただいたの」

母が言った。

そのとき、私が仕事を始めて二年目だったか、三年目だったか。受験勉強のまっただなかにいるときにデビューした名残で、収入は相変わらずすべて母に管理されていた。

「ふみのお金ですから、ふみの名義にしましょうねって言ったんだけどね、チチがどうしても自分の名義にするってきかないの」

私は父を恨んだ。お金のことで、ではない。家族をほっぽって島暮らしなどと、すっかり隠者気取りの父に腹を立てたのである。ポルトガルでの気ままなフーテン暮らしから、ついこのあいだ帰ってきたばかりではないか。なぜ、いまここにある「家」を大事にできないのだろう。

下の兄が引っ越しを手伝いに行き、間もなく、妹も夏休みを過ごしに行った。いや、意地だが、私はなかば意地のようにして、父の新居を訪ねていかなかった。いや、意地といえるほどのものではなかったかもしれない。「おいで」と言われて、「行くもんか！」とつっぱねるだけの、強さ、頑《かたく》なさは、持ち合わせていなかったから。ただ、「どんなところだろう」という好奇心をおさえていただけのことで、仕事や学校にかまけているうちに、なんとなく月日は過ぎていった。

父から、はっきり「おいで」と言われたのは、翌年の春のことである。

「ネピアが能古島に来たがってますから、連れてきてあげてください」

と、電話で頼まれた。

ネピアさんというのは、『火宅の人』にも登場する、家族の古くからの友人である。母と同年輩で、大の日本びいき。一緒に旅ができるなら、楽しいに違いない。

たちまち好奇心が、蓋《ふた》を持ちあげて顔をのぞかせた。もともと、そんなに重い蓋ではなかったのである。

「どんなところだろう」「どんな家だろう」

飛行機は博多湾の上空で、福岡空港へと機首を定める。眼下には、能古島の緑が輝いている。以来、福岡を訪れるたびに、窓に額をこすりつけるようにして、島を確認するのが習いとなっているが、果たしてそのとき、窓の下に見えるのが父の島であることを知っていただろうか。

春爛漫《らんまん》。能古島は桜の真っ盛りだった。

父の家は、船着場から、九十九折《つづらおり》になった道をだらだらと上っていったところにあった。白い壁に赤い屋根。玄関のわきにどっしりとしたドラセナという熱帯アフリカ産の木があり、父が枝折《しお》り戸にポルトガル語の綴《つづ》りで書いた、「セニョール・ダン(DÃO)」という文字とあいまって、どことなく異国風な感じがする。だが、なかに入ってみると、普通の日本家屋である。

小さな箱型の家で、つくりはごくシンプルだった。玄関を開けると、まんなかに廊下が走っていて、右側に、六畳ほどの洋間、父の寝室、茶の間が並んでおり、左側は、六畳か、それよりもう少し小さいくらいの和室、お勝手、床の間つきの八畳となっている。

素晴らしいのは、その眺めだった。高台にあるので、船着場から海、対岸の博多の街までが一望できるのである。「いいところねぇ」、家をひとわたり見回して、私が心からそう言うと、父が愉快そうに笑って頷《うなず》いた。

その夜は、大ご馳走《ちそう》で私たちをもてなし、翌日は、島中を案内してくれた。

「大丈夫ですか、疲れませんか」

「疲れたでしょう。もうお休みになったら」

その間、何度となく母親の父を気遣う声を聞いたが、母の心配性は毎度のことなので、あまり深く心にとめなかった。

翌々日は、早くに家を出た。父が独断でその日の私たちの観光コースを決め、バスの時刻から、昼食の場所まで指定していたのである。

緑の丘にポツンと赤い屋根の父の家は、海の上からでもよく見える。

「ほら、あそこ」と、ネピアさんと指を差して確かめあっていたら、家のかたわらで両親がハンカチを振っているのに気がついた。人影はみるみる小さくなっていったが、白いハンカチだけは、いつまでもゆらゆらと輝いている。

ネピアさんが、涙に目をしばたたかせていた。私まで、じわりと胸が熱くなってきた。

それから間もなくして、父は福岡の病院に入院し、そのまま帰らぬ人となった。

私が父のいる能古の家を訪ねたのは、それが最初で最後だった。

ネピアさんの涙を思い出すと、なんだかとても不思議な気がする。ネピアさんは、父ともう二度と会えないことを知っていたのだろうか。父の具合は、そんなに悪そうだったろうか。そもそも、ネピアさんが能古島に行きたいと言いだしたのも、不吉な予感に導かれてのことだったのかもしれない。

先年、ニューヨークで、二十数年ぶりにネピアさんとお会いしたので、そのときのことを尋ねてみたところ、意外な答えが返ってきた。ネピアさんには、能古島に行くつもりなど、全然なかったというのである。

「だって、そのころは忙しくてそれどころじゃなかったんですもの。あなたから電話もらって、大騒ぎして休みを取ったのよ」

では、「ネピアが来たがってますから、連れてきてあげてください」という、父の電話はいったいなんだったのだろう。

不吉なものを感じていたのは、父のほうだったのかもしれない。ふみが素直な心で、この家を訪ねてくるには、どうしたらいいか。娘につまらぬ悔いを残させないための、「あの日」は父の最後の贈り物だったのではないだろうか。

父が入院してからは、頻繁に能古島の家を訪れるようになった。三日休みができると、福岡に飛んだ。

茶の間の窓から船着場が見える。食事の後片づけをしながら、フェリーが入ってくるのをチラリチラリとうかがい、接岸と同時に丘を駆け降りる。フェリーと市電を乗り継いで、父の病院までは、三、四十分の道のりだった。

能古の話をすると、父は喜んだ。

蚊に刺されたと言おうものなら、たいそう心外な顔をした。

「あそこには蚊は入れないはずだけどな」

入院する直前、痛む身体にむち打って、家中の網戸を張り替えたのである。

「小弥太《こやた》（下の兄）は、玄関の屋根にペンキを塗ったか」

「萩《はぎ》は、もうどのくらい根づいている？」

病床で考えているのは、能古のことばかりといってよかった。遠来の見舞客には必ず、「今日はぜひ能古に泊まってください」と、すすめた。

能古の家を手に入れたときには、もう本来の体調ではなかったはずだが、自分の手でできることは全部やった。ボロボロだった勝手口の扉にペンキを塗り、見違えるほどきれいにした。建具を直し、棚を作った。入院前には、玄関に郵便受けも取りつけた。

「新しい環境を、その都度自分の流儀で埋め尽し」てきた父は、能古の家も埋め尽くそうとしていた。その最中に、入院で中断を余儀なくされたのである。

「『火宅の人』が売れたら……」と、まだ少し元気があったころは、久しぶりの単行本出版を前にして、病床で母を相手にあれこれ皮算用をしていたらしい。

「三万部売れたら、便所を水洗にしよう」

能古の家の悩みはお手洗いだった。

買ったときに、大枚をはたいて地ならしをし、バキューム・カーが入れるくらいの道をつくったはいいが、そもそもの容れ物が小さいので、すぐに不快な状態になってしまう。ありていに言えば、「お釣り」がくる。

「谷崎潤一郎が『陰翳礼讃《いんえいらいさん》』に、ススキの穂を敷きつめるといいって書いていたな」

そこで母がススキを探しに走った。近くの畑で働いていたオジサンに、ススキのありかを尋ねると、オジサンが笑って言うことには、

「ああ、そりゃあ、ススキよか、もう、新聞紙がいちばんよござすバイ」

というわけで、結局ススキは諦《あきら》めたということもあったらしい（ちなみに、くだんの本のどこを探しても「ススキ」の効能について記述はなく、これは「朝顔に杉の

葉」という話の、父の記憶違いであったようだ）。

三万部売れるという確信は、もちろんあったわけではなく、

「二万部だったら、台所を直そう」

だんだん気弱になって、

「増刷されなかったら、洋食器のセットを買おう」

と言ったりもしていた。

父は、どのくらい売れたか知らないまま、亡《な》くなった。『火宅の人』は、予想をはるかに超えて売れ、ベストセラーとなった。

もし、父が元気でいたら、その印税でいったい何をしただろうと、ときどき想像する。

能古島の家をまるごと建て直したのか、それともポルトガルに家を買って、移り住んだのか。

能古の家は、いまだにそのままになっている。いや、「そのまま」ではない。主にまったく「別の天地」へと「遁走」されて、埋め尽くされぬまま朽ち果ててしまった。

「檀一雄記念館にしてください」という、土地の人の要望も多く、いっとき市に寄贈

しようかと家族で話したこともあったが、数年前に様子を見に行って、心変わりした。バブル期を経て、対岸が大々的に開発され、福岡ドームを含むウォーター・フロントが、まるでわがもののように眼下にとらえられるのだ。昔は昔で、チラチラまたたく街の灯に風情《ふぜい》があった。しかし、海の向こうに浮かぶ眩《まぶ》しいほどの都会の輝きと、能古のゆったりとした自然との対照も、また得難い。まるで過去の窓から、未来を覗《のぞ》いているようである。

ここで、夜景を眺めながら、ゆっくり飲んでみたいと、私はしびれるように思った。父もきっと、そう思っていたに違いない。

だが、自分の病気は「肝臓」と信じていたので、能古に暮らし始めてからは、一滴のアルコールも口にしなかった。

もちろん、酒に対する愛着を、ストイックに断ち切っていたわけではない。

入院中、父の秘蔵のウィスキーやブランデーを東京の家から持ってこさせて、「これ、お医者さまに差し上げましょうね」と母が言うと、父は、「いや、これは治ってからオレが飲む」と、ベッドの下に隠したりしていた。隣の病棟の屋上で、若い研修医らがビールを飲んでいるとみると、わざわざ眼鏡を取り出してじいっと眺め、「いいなあ。くやしいなあ。飲みたいなあ」と、呟《つぶや》いていたこともあった。

父の望みは、自分の流儀で埋め尽くされた能古の家で、夜景を眺めながら、あるいは月の光を浴びながら、一杯やることではなかったろうか。「月壺洞《げつこどう》」とそこを名づけたのも、きっとそんな思いをこめてのことに違いない。大きな露台をつくって、おぜい友達を呼び、手作りの料理でもてなすなら、もっと父らしい。

「酒はいいぞぉ」と、生前、グラスを片手に煙草《たばこ》をくゆらせながら、父はよく言っていた。

「煙草はやめたほうがいいな。チチも後悔しています。でも、酒はいいぞぉ。大きくなったら、ぜひ飲みなさい」

私が本当に大人になる前、お酒を覚える前に、父は亡くなった。だから、父とお酒を楽しんだ思い出は、ひとつも残っていない。

いつか能古島に、月の光がいっぱい入るような家を建てよう。大きな窓にもたれて、父の好きだった音楽を聴きながら、静かにお酒を飲もう。そのとき、きっと父は私のかたわらにいる。なんだかそんな気がしてならない。

建てたそばから後悔は始まる

「好み」って何？

「家を建て直す」という大経験をしたとき、私はまだ二十代の半ばだった。施主《せしゅ》になるには、あまりにも若すぎた。あまりにも、ものを知らなすぎた。

建築家から「どういう家が好みか」と聞かれても、「雨漏りのしない家」「カビのはえない家」（以前の古い家はそれらに悩まされていた）という以外に、「好み」らしきものは思い浮かばない。建築家も、さすがに取っ掛かりがつかめないのか、困ったような顔をする。そのうちに、友人とヨーロッパに行くことになったので、「好みを磨いてきます」と言い残して、旅に出た。

「好み」はすぐにわかった。

私はすっかりヨーロッパにかぶれて帰ってきたのである。

ノートルダム寺院の薔薇《ばら》窓、ヴェルサイユ宮のシャンデリア、ポツダム宮の五角形の出窓、黒光りする本棚の後ろの隠し部屋……。「ここぞ」と思って、なめるように撮ってきた写真を、建築家の前にずらりと並べた。しかし、建築家は「すばらしい！」とひとこと言ったっきりである。そして、旅で見つけた私の「好み」は、とうとうわが家には採用されなかった。

ならばせめてドイツ製のシステムキッチンだけでも……と粘ったのだが、これも設計段階ではねられた。工務店につくらせたほうがずっと安上がりで、「好み」に合わせられるというのだ。

「好み」とは一体、何なのだろう。

ドイツ製のシステムキッチンにあこがれたのはドイツで訪ねたお宅がことごとく美しかったからである。

「ドイツ人にとってはね、家は住むものじゃなくて、見せるものなの」と旅の道すがら、ドイツ通の友人がしたり顔で言った。

なるほど、どの家も窓辺には花やレースのカーテンが揺れている。間違っても洗濯物などはぶら下がっていない。そして、どのお宅に伺っても、必ず「家をご覧になりたいでしょ？」とハウスツアーが始まるのである。

さぁご覧なさいとばかりに、磨き込まれた居間の床。一ミリの曲がりもなく壁に掛けられた額。本棚に整然と並ぶ本。

「本はね、内容で分類していないの。大きさの順に並べてあるだけ」と友人が私の耳元で囁《ささや》く。

地下室の冷凍庫から、屋根裏の物置まで、見たいといえば全部見せてくれた。まったくドイツでは、ごみ箱の中まで整頓《せいとん》するんじゃなかろうかと、疑いたくなるほどのぬかりのなさだった。

なかでも圧巻だったのは、台所である。

どこかのショールームのキッチンのようにピカピカしている。鍋《なべ》一つ、水滴一粒見当たらない。生活のにおいが全然しないのだ。

「パンはね、ここで切るのよ」と、その家の主婦がカウンターの一部を持ち上げた。スルスルと、造り付けの包丁とまな板が現れた。

「でね、こうやってパタッと閉めると、パン屑《くず》が下の屑かごに落ちる仕掛けになってるの」

そう言い終わると、ドイツ小母《おば》さんは、完璧《かんぺき》に手品を演じたあとの手品師みたいな笑顔を浮かべるのだった。

まさしく手品だったのは、その生活臭のまったくない台所から、料理が出てきたことだ。しかも、ドイツレストランでは味わえない美味《おい》しさときている。

「これはどうやってつくるのかしら」とシチューの中に入っていたパン団子のようなものをつつきながら、かたわらの友人にそっと尋ねた。「蒸すのかしら、ゆでるのかしら」

友人はきっぱり言い切った。

「ゆでる。ドイツ人は複雑なことはしないの。台所を汚すのがいやだから」

そのあとフランスに行って、フランス人家庭にもお邪魔した。

そこでは私たちのためにパーティを開いてくださったのだが、両国の台所事情のあまりの違いに、ドイツびいきの友人は、ショックで食事ものどを通らないという態《てい》だった。

「だってね」と、彼女は小声で私に打ち明けた。

「私、さっき見ちゃったの。おまるの中身を台所の流しに捨ててるのよ」

正確なところは忘れたが、フランス人がドイツ料理の貧しさを云々《うんぬん》するジョークがあったように思う。「台所をきれいにすることばかりにかまけてるから、料理がダメなのさ」と言うのだ。ドイツ人も負けじと言い返す。

「フランス料理のコクは台所のアカだろうよ」

確かに、フランス料理はドイツ料理に比べて格段に手順が多い。食材も油もたくさん使うし、時間もかかるから、汚れる度合いは比較にならないだろう。しかし、だからフランスの台所はおし並《な》べて汚いかというと、そういうわけではない。

友人も、あれから何度かフランスを旅してまったく違った見解を持つようになった。

「どこでも上流家庭は台所をきれいにしているのよ。汚くしてるのは下々だわね」

その言葉をかみしめつつ、わが台所を見回してみる。煉瓦《れんが》の壁にこびりついた油汚れ、黒ずんだ換気扇、流しの下のゴキブリホイホイ。「下々」とはこういう台所の主をいうのだろうか。

あるドイツ人主婦は、ハンバーグステーキを焼いたあとは、二時間かけて台所を磨き上げるといっていた。ハンバーグは好きだが、二時間台所を磨く体力も気力も私にはない。

ドイツ製システムキッチンを私に選ばせなかった建築家は、結構、炯眼《けいがん》の持ち主だったのかも知れない。

雨の音を聴きながら

私には分からない。

家を建て替えたとき、私が望んだのは「雨漏りのしない家」、ただそれだけだった。確かに「カビのはえない家」「日当たりのいい家」なども夢見たかもしれないが、それは「どんな家がお好みですか？（どんな家でも建ててさしあげますよ）」という、建築家の甘言にのせられてのことである。切実なのは、「雨漏り」。雨露さえしのげる家であれば、まずは万々歳、本気でそう思っていた。

だが、あんなに懇願したのに、雨は漏る。それもポツリポツリではない。盛大に漏る。いったいぜんたい、どうしてだろう。

こんなことを書くつもりではなかった。こんなことではない原稿を書こうとしたところで、ザアーッと、激しく雨の降る音がした。雨露しのげる家であれば、雨音も愉快のひとつとして、そのまま原稿を書き続けられたかもしれないが、そうでない家の悲しさ。さっそく家中の点検に回らなければならなかった。

そんなもん、いっつも漏るところにたらいを置いといて、たらいの水のたまり具合をときどきチェックすれば、それでいいじゃんと、軽く言うなかれ。雨漏りというやつはタチが悪くて、いつも同じところから同じように漏るわけではない。元凶はひとつらしいが、その日の雨の強さ、風の向きによって、症状が現れてくるところが違うのだ。

元凶が、廊下のトップライトにあるということは、どうやら見当がついている。廊下をグルグル回って(ウチの廊下は回り廊下になっている)、目を皿のようにして壁を調べ、床を調べる。

そんなもん、いつまで放っといてンのよ、漏るって分かってンなら、直してもらえばいいじゃんと、簡単に言うなかれ。晴れた日に雨漏りの場所を特定するのは難しい。雨漏りするような激しい雨が降っている日に、大工さんに来てもらうのは、もっと難しいのだ。だから、絶対に「雨漏りのしない家」を建ててくださいねって、あれほどお願いしたのに……。私はようやく「本日のポイント」らしきところを探し当て、バスタオルを入れたたらいを置いて、ホッとひと息、原稿を書き始める。

優柔不断な私が、若い身空であったにもかかわらず、「もうダメだ、家を建て直そう」と決意したのも、雨漏りが原因である。

はじめはお手洗いの中だった。腰掛けて用を足している私の太ももが、なぜかヒヤッと冷たい。ふと見ると、いったいどうしてこんなところが、という部分が濡《ぬ》れている。「いったいどうして……」と、もう一度思ったとき、ピシャリと上から水滴が落ちてきた。アレレッと見上げると、電灯のかさを伝って、雨が漏っているではないか。

「早く建て直さないと感電死しちゃうヨ、感電死！」

私はお手洗いを飛びだして、大騒ぎした。コトがお手洗いだけの問題だったら、別に建て直さなくても、そこを修理すれば片づいたはずである。しかし、我が家は増改築を重ねた「継ぎはぎ住宅」だった。アチラと思えば、はたまたコチラという具合に雨漏りした。

一度など、私の部屋の壁に「キノコ」がはえてきたことがある。雨漏りによる適度な湿り気が、壁のいたるところにカビを生じさせていることは知っていたが、キノコまで育つとは驚きだった。驚きを超えて、恐ろしかった。こんな家に住んでいたら、私の身体《からだ》の中にも、何か悪～いものが育ってしまうかもしれない。

あるとき、長い雨が降った。その後、カラカラの日照りが何日か続いた。そして、台風が運んできた大雨となった。

その夜、恐ろしい夢を見て飛び起きた。ウチに爆弾が落とされた夢である。胸をバクバクさせながら、暗やみに目を凝らすが、日本はまだ平和のようだった。雨の音が聞こえるばかりで、どこも爆撃を受けた様子はない。

だが、翌朝、目覚めてみて、ゾッとした。天井の漆喰が、ザックリ床に落ちていたのである。長雨をいっぱい含んだのち、カラカラに乾き、もろくなっていたのだろう。大雨漏りの重さに耐えきれず、「ドッカーン！」という一大轟音《ごうおん》とともに落ちたのだ。この漆喰爆弾が、私の頭を直撃していたら……。感電死も怖いが、爆死も有り難くない。

とにかく「雨漏りのする家」はまっぴらだと思って、建て直しを決行したわけである。

それなのに、どうして再び「雨漏り」に苦しめられているのだろう。

母がテレビのニュースを見ながら言った。

「ホラ、東京駅もひどい雨漏りよ。ああいう巨費を投じて建築してるところだって雨漏りするんだから、安普請《やすぶしん》のウチが雨漏りするのも仕方がないのかしらね」

廊下の向こうに住んでいる下の兄が、やってきて言った。

「オタク、今日は雨漏りしてないだろ？　ウチがひどいんだよ。ウチとオタクは、根源がいっしょなんだ。雨の向きの問題なんだよ。オタクに雨が行くときは、ウチには来ない。ウチに来るときは、オタクには行かない」

兄一家とは一つ家を分かちあっている。兄たちが住んでいる部分は、増築、つまり継ぎはぎしているので、特に被害が甚大《じんだい》である。

「雨漏り問題って、結構、建築において重大みたいよ。かっこいい設計であればあるほど、よく雨漏りするって、どっかで読んだもの」

別に「かっこいい」家を望んだわけではないのにな……と、悲しい溜《た》め息《いき》をつきながら、それでも優しい妹は兄をなぐさめる。

「そうだな」と、兄も、なかば諦《あきら》め顔である。

「そういえば、バジルの小屋が、まったく雨漏りしないもんな」

もちろん犬小屋に住みたいわけではない。住みたいわけではないが、「犬小屋」程度に「雨漏りのしない家」があってもよさそうなものなのに。

私には、つくづく分からない。

【その後】

この一文が雑誌に掲載されたとき、とある心やさしい棟梁《とうりよう》さんが、「ひどい！　あんまりだ！　放っておけない！」と、人づてに一肌脱いでくれるむね、申し出てくださいました。ところが不思議なことに、そのお話と相前後して、出入りの大工さんがやってきて、雨漏りの箇所をつきとめ、直していってくれたのです。

というわけで、我が家は今のところ、小康を得ております。お騒がせして、ごめんなさい。

無駄の必要度

不思議なイタリア料理店に行った。

まず、どこが入り口なのかが分からない。行きつ戻りつして建物の横っちょにあるのを探しあて、店の人の案内で階段をおりていくと、吹き抜けの広々とした空間が待っている。水がある、木がある、光が入る。そこは、いわば屋根つきの中庭で、その庭を通りすぎて、階段をのぼると、二階にあるレストランにやっと辿《たど》り着く。いや、レストランがあったのは、一階だったのかもしれない。しかし、とにかく客がレストランに至るためには、いちど下におりて、建物を横切り、またのぼっていかねばならないのである。

「不思議な建物ですね」と、レストランの窓から中庭を見下ろしながら、「変」とか「不便」という言葉を慎重に避けた感想を述べる。

店の女主人が苦笑いした。個人住宅を買ったのだが、普通のつくりではなかったため、レストランに改装するのが一苦労だったのだそうだ。

「たとえばね、あの電球……」と、中庭の壁の上方についている電球を指し示して、溜め息をつく。

「一個百円くらいのものなんですけどね、交換するのには百万円かかるんですよ。足場を組まなくちゃならないから」

なるほどその位置は、とても梯子《はしご》は届かぬ高さ、危うさである。しかし、だからこそ美しいし、恰好《かっこう》いいとも言える。

「どなたか有名な方の建築なんですか？」

「はい。安藤忠雄《ただお》さんです」

ずいぶんと前のことである。

知り合いのコマーシャル・ディレクターが、面白いドキュメンタリーを見たと、ちょっと興奮気味に話していた。

「それぞれの思い通りの家をつくろうと、施主《せしゅ》と建築家が闘う話なんだけどネ」

闘いの結果、「無駄も生活には必要なんだ」という建築家の意見が通って、狭い敷地の真ん中に中庭がつくられることになった。部屋から部屋へ行き来するためには、必ずその中庭を通らなければならない。つまり、真夜中にお手洗いに立つにも、雨の日は傘をさして外に出なければならないような家が、出来上がってしまう。

ディレクターは言った。

「オレも、コマーシャルの中にいらないカットを入れたくなっちゃうことがあるんだよね。アレ、結局、無駄なんだ。だけどやっぱり必要だと思うんだ」

何年か後に、雑誌で安藤忠雄さんの紹介記事を読んで、ハッと思った。

ああ、これがあの家だ。安藤さんの出世作「住吉の長屋」だったのだ。

「もちろん、雨が降ったら傘をさして移動しなければならない」と、安藤さんは言う。

「けれども、太陽の恵みや、四季の移り変わりを、肌で感じることができる……」

それからまた何年かたって、今度は安藤さんご自身にお話を伺う機会がめぐってきた。

早速、「長屋」の住人に、不平不満はないのだろうかと聞いてみる。

「『寒いときは大変なんですよ』と、おっしゃいますよ」と、ニコニコと安藤さん。

「だから、言うんです。『春が待ち遠しいでしょう。春になると嬉《うれ》しいでしょう』って。『それは、本当にそうです』と頷《うなず》かれます」

家とは、自然をねじふせるものではない、そういった自然との語らいが大切なのだと、安藤さんはおっしゃる。

ただし、「いちど、季節の悪いときにも来てみてくださいよ」と「長屋」の住人から泣きつかれ続けているが、「絶対に行かない」のだそうだ。

「どうやって自分のプランを押し通すか」が、建築家の腕なのだという。

我が家も、そうした「腕」のいい建築家に当たったらしく、無駄で一杯である。七〇パーセントは無駄で成り立っているといっていい。

我が家には、応接間をぐるりとめぐっている廊下がある。廊下は吹き抜けになっており、はるかなる高みにある天井はガラス張りのトップライトである。

「汚れたら、いったい誰が拭《ふ》くんですか」と、私も私なりに必死の抵抗を試みてはみた。しかし、「助手を差し向けます」と、建築家に簡単に言い負かされてしまったのだ。

それから、幾星霜《いくせいそう》。助手サンは一度も来てくれず、ガラスは薄汚れてしまった。

それでも、昼はまだ明るいからいい。

問題は夜である。

電気がどのあたりにつくかなんて、素人《しろうと》には、設計図からそんなところまで読みとれない。間接照明なるものが、天井のほど近くに、宝物でも隠すように大切に埋め込まれていくのを見て、はじめて大いに驚き、大いにうろたえた。

「ソレ、電球が切れたら、どうやって取り換えればいいんでしょう」

足場の上で作業している電気屋さんに、恐る恐る訊《き》いてみる。

「やっぱり、オレたちを呼んでもらうのが一番だね」

と、汗を拭《ぬぐ》いながら、電気屋さんが答える。しかし、一個、二個切れたくらいでは絶対に来たくないというような雰囲気が、全身から漂っていた。

というわけで、間接照明は余っ程のことがない限りつけないことにしている。夜になると、廊下は、各部屋から漏れる明かりが頼りとなる。本棚の本を捜すときには、懐中電灯を持ち出す。ある意味で「節約」であるのかもしれないが、「無駄」といえば、この上ない「無駄」のような気もする。

人生には確かに無駄が必要だと思う。人を豊かにするのは、ぼんやりと無為に過ごす時間かもしれないとさえ、思う。

しかし、家に無駄が必要かどうかは、よく分からない。うす暗闇《くらやみ》で、必要のない段差につまずくたびに、ますます分からなくなる。

バリアフル

階段を踏みはずして足首を捻挫《ねんざ》した。

階段といっても、一階と二階をつなぐ階段ではない。廊下の中ほどにある、四段ほどのステップである。

建て替える前の古い家は、玄関から奥の部屋まで、ひとつも段差のない平坦《へいたん》なつくりになっていた。だから、改築するときに建築家が、「お宅の敷地にはいい勾配《こうばい》があるんですよ。その勾配をうまくいかして……」と、できあがったばかりの設計図を前に、嬉しそうに説明するのを、キョトンとしながら聴いていた。

考えると、確かに南側は斜面になっていた。ぬれ縁を下りると石造りのバルコニーがあり、そこから四、五段下がったところが庭である。だけど、勾配を利用するってことは、南の斜面に家を建てるってことだから、その案だと、庭がなくなっちゃうんじゃないかしら……。

しかし、庭はなくならなかった。なんとなれば、建築家がショベルカーを入れて、高い部分を大々的に掘らせたからである。

というわけで、北の玄関部分が高く、南の庭に面した部分が低いという、高低差のある家ができあがった。高い部分は和風の外観、低いところは南部アメリカのコロニアル風になっている。

外観に問題はない。

問題は廊下の階段にある。いや、「ステップの数に」というべきか。

とにかく、この四段のステップに、家族みんなが泣かされている。なかなか慣れない。十年たっても二十年たっても慣れないのだから、「なかなか」ではなく、「どうしても」なのかもしれない。それほど頻繁に、から足を踏んでしまうのだ。

クリスマス・イヴ、私は悲しい思いで原稿を書いていた。出版界には「年末進行」という非情の掟《おきて》がある。「二十五日までにはどうしても書いていただかないと！」と、締切りが一斉に押し寄せてきていたのだ。

日付が変わって、はやクリスマスとなった。午前一時、午前二時……。朦朧《もうろう》とした頭で最後の原稿を書き上げたときは、夜明けも近かった。とうとう今年も、サンタクロースは私のもとへは来てくれなかった。私がサンタクロースよろしく、編集者のもとへお望みの原稿を贈るのだ。

「さて」と、私は立ち上がった。

原稿を書いていたのは屋根裏である。そこは文明とは隔絶された、絶海の孤島みたいな空間で、通信設備というものが一切ない。原稿を送るためには、パソコンを抱えて梯子階段を下り、本階段を下りて、電話線がひいてある一階の居間まで行かなければならない。

抱えていたのは、パソコンだけではなかった。資料として使った図鑑、百科事典、その上にはマグカップまで載っている。

慎重に梯子階段を下りる。こわごわと一階へと向かう本階段を下りる。こちらの階段も梯子状で背抜きになっており、片側には壁もないので、手すりにつかまらずに下りるのは、かなりこわい。

一階の廊下は真っ暗だった。だが大荷物を抱えている身で、明かりのスイッチに手を伸ばすことはままならない。そもそも廊下の明かりはもったいないので滅多につけない。

つま先で、次なるステップを探る。ここからだ。左、右、左、次の右足でまた廊下。と、思った途端に、タタラを踏んでいた。しまった。もう一段あったのだ。

もちろん、もう遅い。私はズリッと一段踏みはずし、グシャッと廊下に倒れ込んでいた。マグカップが事典がパソコンが、大音響とともに廊下に落ちた。続いて二次災害が起こった。廊下に積んであった段ボール箱までが倒壊したのである。お歳暮のミカンやらリンゴやらが、雪崩《なだれ》のように頭の上に降ってきた。

それからずいぶんたった。捻挫した右足首はいまだに完治していない。

「もうトシなんだもん、一生治んないわよ」と、世にも親切な友達は言う。

以後、その四段が恐《こわ》くてならない。

多分、人は「一、二、三」のリズムで動いているのだろう。「一、二、三、四」は、どこか、人間工学的に不自然なのかもしれない。

こういう家に長いこと住んでいるからだろうか。近ごろの私は、段差のない、廊下や戸口が広々とした家に憧《あこが》れる。

数年前、事務所兼仕事部屋にしようと、都心の中古マンションに一室を求めた。以

来、そこのリフォームが懸案となっているのだが、

「とにかく、段差をつけないでね。バリアフリーでお願いしますね」

と、しつこくデザイナーに頼んでいる。

しかし、デザイナーは「おまかせください！」とは言わないのである。

「バリアフリー、バリアフリーって、この頃みんな口を揃《そろ》えて言いますけど、ちょっとした段差って、健康な人にとっては、頭に刺激を与える意味で、悪くないんですよ」

そういえば、「こういう家はボケ防止にいいわね」と、母も言っている。

我が家はコンセントが少ないので、あちこちに延長コードが巡らされている。加えて、モノが多いので、どこへ行くにも、あの山越えこの山越えて進まなければならない。

ヨロヨロと足もとの危うい母に、「気をつけてね」「つまずかないでね」と、毎度、声を掛けるのにも、疲れてきた。

「ホントに、今年こそ、どうにかしてスッキリさせなくっちゃ。建て直そう！」

ある日、決然としてそう宣言すると、母が首を振った。

「でもね、ここもあそこも危険でいっぱいと思ってるから、かえって用心していいん

じゃないかしら。なーんにもないと、油断して、つまんないものにつまずいたりするのよ」

なぁるほど。しかし、母があの四段のステップを踏みはずして、万が一、車椅子《いす》生活になった場合、この家では絶対に対応できないことも、また厳然たる事実なのである。

うーん、頭が痛い。足もまだまだ痛い。

この家、大好き！

「猫は家につく」という。

わずかばかりの個人的体験からすると、その説はまったくもって正しい。しかし、ちとばかり違ってもいる。

建て直しの大々的工事が行われる数ヵ月の間、近所に小さな一軒家を借りて家族で移り住むことになった。近所といっても線路の向こう側である。結構、離れている。

引っ越しに際していちばん考えたのは、猫にどう納得していただくか、だった。

「猫は家につく」というからだ。

しかし、飼い主のひいき目で、うちの猫はどう見ても「家」よりも「人」であるように思われた。そこで、引っ越しセンターのこわもてのお兄さんなどに会ってショック死しないようにと、段ボールで厳重に目隠しして、自転車で仮の我が家へと運んだ。

万が一「人より家」だった場合に備えて、もとの家のありかが分からなくなるようにと、行きつ戻りつ、でたらめな道を辿《たど》った。

つつがなく引っ越しは済んだ。猫も比較的落ち着いているように見えた。家中を検分して回って、狭さについてはちょっと不平をもらしたものの、「愛する家族と一緒ではないか」と、すぐに気を取り直し、いつもと同じように妹のベッドの中でまるくなって寝てしまった。

やれ、これでひと安心と胸をなで下ろしたのもつかの間……。甘かった。二、三日もたたぬうちに、猫の姿が忽然《こつぜん》と消えたのである。

もしやと思って、もとの家に捜しに出かけると、果してちゃんとそこに帰っている。ちなみに、うちの猫は本格派の「深窓の令嬢」で、それまで一歩たりとも我が家の外に出たことがない。他の人間を見ただけで腰を抜かしてしまう超の字のつく臆病《おくびょう》猫が、どうやって線路を渡ったのだろうと、みんなで不思議がった。

その後、猫が帰宅を試みること、再々……。三度目には、さすがに心を鬼にして放っておくことにした。すると翌日、すごすごと仮住まいに戻ってきた。もとの家がすっかり解体されて、跡形もなくなっていたからである。以後、里心はきれいさっぱり消えたらしく、二度と遁走《とんそう》することはなかった。

さて、一年近くたって、無事竣工《しゅんこう》にこぎつけ、今度は令嬢にお戻りいただくのが、頭痛の種となった。

猫はすっかり仮住まいに慣れ、そこに「ついて」しまったかのように見える。またもや深夜の線路越えが始まるのだろうか。

しかし、それは杞憂《きゆう》だった。

なんとなれば、猫は「家につく」のではない。「家を選ぶ」のだ。

新しい家に入るなり、令嬢は「アタシ、この家、大好き！」と、全身で喜びを表現して回った。

だが、喜んだのは猫だけである。家族のほうはむしろ当惑気味だった。居間、台所、内玄関など、生活部分が異常に狭い。廊下と階段に家が占領されている。いらぬところにいらぬ段差が設けてある。電球は、切れたら二度と換えられぬほど高い所についている。

しかし、人間にとっての欠点も、猫にとっては長所ということがままある。

応接間の周囲がぐるりと回り廊下になっていることは、前に書いた。人の目には無駄な空間としか映らないこの廊下が、令嬢はいたくお気に入りのようだった。お気に召さぬわけがない。この家には袋小路というものがないのだ。追い駆けっこを仕掛けても、グルグル、グルグル、追い詰められるということがない。お陰で、ピカピカの廊下がたちまち猫の爪《つめ》ブレーキの跡だらけになってしまった。

廊下の壁は一面の本棚である。その本棚の上が、令嬢だけしか通れない猫専用廊下となる。そこからはガラス越しに応接間の様子までうかがえる。猫というものは、概して客が嫌いである。だが好奇心だけは抑えられない。そこで怖いお客のおいでのときはじっと「高みの見物」をして、ひとり悦に入っている。

もちろん、人間のために建てた家である。

猫のためにと、意識的に工夫を凝らしたところは一ヵ所しかない。自由に往来できるようにと、勝手口に猫用の出入口をつくってやった。ドアの下のほうに、小さな四角い穴を開け、そこにぶら下がり式の扉を付けて、バタバタと内側にも外側にも開くようにしておいたのだ。

しかし、その親心はアダとなった。

令嬢よりも、令嬢を恋い慕う野良《のら》猫のほうが喜んでしまったのである。

かくして、家中が戦場となること再度、新しい家は見る間に荒れ果てていった。

動物と暮らすのは楽しい。しかし、美しく暮らそうと思うと、なかなか難しい。

友達が念願の一戸建てを買った。堂々の新築である。

「お祝いに」と、驚くなかれ、子犬を贈った輩《やから》がいた。すると、心優しきその家の主はニッコリと子犬を抱き締め、大胆にも家の中で飼うことを宣言した。

一年が過ぎた。犬は立派な成犬となった。チワワではない。ゴールデン・レトリーバーであるから、もう小さな家からはみ出しそうに大きい。家と一緒に買った革張りの高級ソファを、ちゃっかりわがものにして、寝そべっている。

客人は、したがって、食堂のテーブルについて、その美しい姿を観賞することになる。

新築の家はもはや見る影もない。敷居や柱のあちこちが、犬の嚙《か》み跡でボロボロになっているのだ。おまけにドアには無数の引っ搔《か》き傷が付いている。

しかし飼い主は、大して気にかけている風でもない。ニコニコと満足そうに「わが子」を見やり、「来年は、子供を産ませようと思っているのヨ」などとのたまっている。

犬のほうも「この家、大好き！」と言っていた。確かに言っていた、と思う。

床の間が欲しい

山種《やまたね》美術館は日本画の収集で有名だが、その貴重な収蔵品の多くは、山崎種二さんによって長い年月をかけて集められたものだという。種二さんは、田舎の貧しい家から東京の米問屋に奉公に出、やがては山種証券を起こした、立志伝中の人である。

山種少年には夢があった。歯を食いしばって丁稚《でっち》のつらい仕事に堪え、いつかきっと成功するのだ。成功して、米屋の主人のように、立派な床の間をしつらえ、絵を飾るのだ。

少年はいつしか青年となり、夢を果たす。

床の間も、絵も、二つながら手に入れたのである。決して安手の夢ではない。絵は華麗な琳派《りんぱ》のものを三枚。それだけで、立派なお屋敷が一軒建てられるくらいの値段であったという。その絵を飾る床の間も、決して見劣りしないものだったろう。

しかし、間もなく山種青年の胸に、暗雲が垂れこめる。この絵はどこか妙だから鑑定してもらいなさいと、目の肥えた客から言われたのだ。

鑑定の結果は、真っ赤な贋物《にせもの》と出た。

こなごなに打ち砕かれた夢。

床の間と、絵と……。山種少年が最初に望んだのはどちらだったろう。豊かな暮らし。床の間つきの座敷のある豪壮な邸宅。貧しい少年が、まず夢見たのはそちらの方だったかもしれない。しかし、美しい絵に対する憧《あこが》れも、なみなみではなかったようだ。

満を持して買った絵が贋物とあれば、普通なら絵はもう懲り懲《こ》り《ご》りだと思うところだろう。

青年も確かに懲りた。だが、絵全般に懲りたのではない。真贋《しんがん》の区別の難しい、昔の絵に懲りたのである。いま生きている画家から直接買えば、贋物をつかまされることはない。そう考えて、青年はバリバリの現役画伯に近づいていった。

横山大観、川合玉堂、速水《はやみ》御舟……今やいにしえの大家となった画聖たちの絵の収集は、大失敗から始まったのだという。

山種さんのご子息、山崎富治さんは、そうした日本画に囲まれて育った。お宅には、床の間つきの和室が五つもあり、折節の、額や軸の掛け替えを手伝わされた。

「ああいうものは、実際の季節より、少し早めに飾るんですね」

例えば桜の花の絵ならば、本当に桜が咲いてしまう前に飾る。開花を待ち遠しく思う心をいざなうのだ。

「そうやって日本画に接しているうちに、しらずしらず季節に敏感になりました」

そうおっしゃりながら、富治さんはゆったりとした笑みを浮かべられた。

羨《うらや》ましい。

我が家で、季節を感じさせるものといったら、せいぜいカレンダーぐらいである。

カレンダーというのは、難しいものだ。どんなに上等を飾っても、たちまち部屋が所帯染《じ》みてしまう。年末になると、いろいろなところからたくさんカレンダーをいただくが、美しすぎて、捨てるにしのびなく、かといってここかしこに掛けるのもためらわれ、他人様《ひと》に差し上げようかどうしようかとグズグズ迷っているうちに、必ず越年してしまう。

ただ一つ、スコットランドの友人から送られてくるカレンダーだけは、落ち着く場所が決まっている。お手洗いの壁である。

庭園であったり、お城であったり、水辺の風景であったり、その年によってカレンダーのテーマは違う。しかし、どの年も季節の移り変わりが見事で、美しい。トイレというごく限られた空間で、見知らぬ土地の写真に向き合っているのは、そう悪くない。

カレンダーは、必ず朔日《ついたち》にめくるというのが我が家の鉄則である。送られてきたときに全部めくってはならない。来月はどんなのだろうと、のぞき見したりもしない。月が変わると、毎日見ていた色が変わる。心の中にサッと、季節の風が吹き渡る。初めて見る風景に、旅心を掻き立てられる。しかし、山崎家と比べると、何て貧しい季節の感じ方だろう。少々情けなくもある。

我が家にも、床の間はあった。

今もあることはあるのだが、我が家に、ではない。

一つ屋根の下に、末の兄の一家も暮らしていることは前に書いた通りである。兄たちが越してくることになったのは、家を建て直してからずいぶんとたってからだった。きちんとした二世帯住宅とするべく改築がほどこされた。その際、客間にしていた床の間つきの座敷を、兄たちに譲ってしまったのである。

滅多に使う部屋ではないからと、むしろ私たちの方から押し付けた感があったのだが、いざなくなってみると、何となく寂しい。何が寂しいって、掛け軸を飾る場所がない。

改築したとき、こちらから自由に出たり入ったりできないようにと、客間への通路を塞《ふさ》いだ。塞いでも、入り口の枠が残っている。その枠を見て、ハタとひらめいた。枠の内側に、砂壁風の壁紙を貼《は》って、「床の間もどき」を造ってみたらどうだろう。素晴らしいアイデアのように思えたのだが、「もどき」はやはり「もどき」であった。どこかしら中途半端《はんぱ》なのである。

本物の床の間の天井はかなり高い。軸を掛けても、さらにその下には花を生けられるくらいのスペースができる。一方、枠の高さは人の背たけほどしかないから、掛け軸が床に届いてしまう。それに、「床の間もどき」は廊下のつきあたりにあるので、座ってではなく立ってのお軸拝見となる。つまり肝心の絵は目線のはるか下方にあって、これもまた美しくない。

どこかうまく掛けられる壁はないものかとくまなく点検してみるのだが、家を建てたときに「とにかく収納をたくさん造って」と求めたばかりに、我が家の壁は、どこを見ても造り付けの本棚、棚、物入れだらけで、まったくゆとりというものがない。

というわけで、掛け軸はお蔵入りとなっている。蔵はないが、しまい場所だけはたくさんあるのだ。そのうち、どこにしまったか分からなくなってしまうに違いない。そんなことになる前に、床の間が欲しい。

風呂《ふろ》と日本人

あるとき、仕事で初冬のパリに行った。

撮影スタッフはひと足さきに現地に入って、もろもろの段取りを整えておく……、ということだった。つまり、私が到着すれば、即、打ち合わせ、そして撮影が始まる。

ところが、空港に迎えに来たディレクターの顔が、まったくこれから仕事を始める感じではない。何だかイライラ、プリプリしているのだ。

ホテルへ向かう車の中で、ようやくそのわけが見えてきた。

「いやあ、ひどいホテルなんですよ」

と、ディレクターがぼやく。

「ひどい」とおっしゃるそのホテルを選んだのは、当のご本人である。普通のホテルでは自炊ができないので、アパートメント・ホテルにしたと、出発前に聞いた。

「系列が同じ高級ホテルと棟続きですからね、普通のサービスもちゃんと受けられます」

と、不審の目を向ける私に、さんざっぱら自慢していたではないか。

いったい何がご不満なのかと、続きを聞くと、問題は「風呂」であるらしい。

「工事で風呂が一週間使えないっていうんだ」

「イエ、もちろんシャワーは使えるんですよ」

と、通訳兼コーディネーターのフランス人がオズオズと口をはさむ。たちまちディレクターのカンシャク玉が爆発した。

「シャワーは、風呂の代わりにはならない！」

カンシャク玉の破片は、ホテルの対応の鈍さから、フランス人全体の無理解にまで及ぶ。

「まったく。日本人にとって風呂がどんなに大切か、全然わかってないんだ……」

そして、「仕事にも重大な障《さわ》りがある」だの、「告訴してやる」だの、「賠償金」だの、がたがた、ぶつぶつ言い通しである。

助手席に座っていたフランス人が、そっと私の方を振り向いて、肩をすくめた。

大好きなパリであったにもかかわらず、そのロケは、あまり楽しい思い出として残っていない。やはり「大切な風呂」がなかったから、スタッフの心が荒廃していたのだろうか。

そのころの私は、「日本人」ではなかったらしい。ディレクターの言い種《ぐさ》が、まったく理解できなかった。

（シャワーがあれば、それでいいじゃないの）

ホテルのマネージャーと同じく、そう思っていた。私は一年三百六十五日、シャワーで平気なオンナだったのだ。

その私が、いつ変節して「日本人」になってしまったのか。

それから何年も後、芝居をするためにオーストラリアに行った。

日本からの参加は私一人だけということで、私は特別扱いされていた。他の出演者はアパートをあてがわれているが、私はホテルである。それも、かなりデラックス級のホテルだった。

そんなデラックス・ホテルでも、オーストラリアのバスタブは浅い。たった二ヵ所見ただけで断ずるのも何だが、とにかく「浅い」と思った。しかし、私はシャワー党なのだ。別に不都合はない。

日程も半ばを過ぎ、共演者と仲よくなると、私だけホテルに帰るのが何だか寂しくなってきた。みんなの住んでいるアパートを覗《のぞ》いてみたが、緑の多い閑静な住宅街の中にあって、なかなか居心地がよさそうである。よし、あそこへ移ろう。

もちろん、プロデューサーに文句はない。いくばくかの製作費が浮くのである。むしろ大喜びだった。

私も嬉《うれ》しかった。バスに乗る。近くの八百屋さんで念入りにサラダ野菜を選ぶ。料理を作る。仲間を呼ぶ。ほんのちょっとだが、オーストラリアで「生活している」という気分が味わえる。

オーストラリアは砂漠の国である。朝晩の寒暖の差が激しい。ある夜、芝居がはねてバスで帰ってきたら、身体《からだ》の芯《しん》まで冷えきっていた。おまけにくたびれきってもいた。ホテルが恋しかった。浅いにしろ、ホテルにはお風呂があったからである。アパートにはシャワーしかない。

とにかく熱いシャワーを浴びる。浴びても浴びても温まらない。お湯につかりたいと思った。切実に思った。足もとは高さ二十センチほどのシャワータブである。ここでもいい。洗面器しかなければ、洗面器の中にだって、飛び込んだだろう。

その二十センチにお湯をためて、私はつかった。刺し身に醬油《しょうゆ》をつけるみたいにして、全身にお湯をなすりつけた。

日本人だなぁ……と、そのときつくづく思った。

残念なのは、いまの家を建てたとき、私は日本人でなかったことである。

二階にシャワールームを作れないかとは考えたが（予算の関係で結局断念した）、広々としたお風呂を……、なんてことはぜんぜん思わなかった。

バスタブにしても、「ショールームに見に行きましょう」と言われたのに、「いいですよ、寸法さえわかれば……」と、カタログを見て、大して考えもせずに「コレ」と決めてしまった。百二十センチ型浴槽。足の裏から腰までの長さは百センチ。「あ、十分です」。

ところが、まったく十分ではなかった。百センチの脚がゆったり伸ばせないのである。百二十センチとは、すべてをひっくるめた長さで、内のりは百センチばかり、底の部分となると八十センチもないと、あとで知った。もちろん知ったときには、手遅れである。

一日の終わりに、お湯をたっぷりと張った風呂に入る。背をそらす、腕を伸ばす。

「ああ、いい気持ち」と、お腹《なか》の底から言ってみる。今日の凝りが疲れが、ゆるゆるとお湯の中にとけてゆく。

このとき、正しくは脚も伸ばさなくてはいけない。ストレスは完全には発散できない。伸ばせない脚のことを考えるたびに、私はほんの少しだけ、イライラを抱える。

若いころ日本人でなかったことが、本当に悔やまれてならない。

夢のトイレ

このごろトイレが気になってならない。

もとい、「トイレ」などと言ってはいけない。フランソワーズ・モレシャンさんが、口をとんがらかしておっしゃっていたっけ。

「日本語には『お手洗い』というキレイな言葉があります。なぜ『トイレ』と言いますか」

フランス語でもそうなのかは知らないが、英語で「トイレット」とはかなりむき出しの言葉であるらしい。何年か前にイギリスで仕事をしたときにそう思った。仕事仲間と食事中、日本の役者さんが「ちょっと、トイレ」と大きな声で言って席を立ったら、残されたイギリス人が、何だかとてつもなく恐ろしい言葉を聞いたかのように、顔を見合わせたのだ。「トイレットだって……？」

「ああいうときは、『ちょっと失礼』だけでいいのよ」と、後でダンフミ教育担当のイギリス女優に教えられた。「じゃなかったら、『お化粧直してきます』とかね」

閑話休題。トイレ……、ではなくお手洗いの話である。

寝ている最中に、お手洗いにいきたくなることが、まあある。しかし、そのためにわざわざ起き上がって、階段をおりていくのは面倒くさい。よっぽど切羽詰まっていなければ、そのまま惰眠を貪《むさぼ》り続ける。

すると、夢を見る。

夢の中で、私は中学校にいる。校内で、お手洗いを探している。中学校に通っていたのなんて何十年も前のことだから、どこにお手洗いがあるかよく覚えていない。少なくとも夢の中では、どうしても思い出せない。探して、探して、探して、やっと見つける。

やれやれと思ってドアを開けて、ぞっとする。とても、足を踏み入れられる状態ではないのである。あるときは、水浸しである。あるときは、隣との仕切りがない。また、あるときは……書くのがはばかられるくらい汚い。

「オレも見るよ、そういう夢」

先日、兄妹《きょうだい》が集まった折にその夢の話をしたら、意外なことに兄が同調した。

「私も……」と、妹も。

　そうか、お手洗いを我慢しているとみんながそういう夢を見るのか……と頷《うなず》きあったら、兄嫁が横で呟《つぶや》いた。

「やぁだ、私、いっぺんも見たことないわ、そんな夢」


　というわけで、このごろヒトのお手洗いの夢が、気になる。滅多やたらに口に出せることでもないので、ごく親しい人に、食事どきを避けて、そっと尋ねてみる。

「ね、やっと見つけたお手洗いが、汚くて用を足せないって夢、見ることない？」

　今のところ、「見る」と言うヒトに当たったためしがない。

「うーん、探しても探しても、トイレが見つからないっていう夢なら、見るけどね」

　これだけ聞いて、同じ夢にうなされるヒトがいないということは、私たち兄妹にはよっぽど不思議な遺伝子が組み込まれているのだろうか。

「オタクのトイレが汚かったからじゃないの」

　と、ひどいことを言うヒトもいる。

　わが両親の名誉にかけて言い返さなければなるまい。ウチはお手洗いだけはキレイだった。何度か改築を重ねたが、どのお手洗いも、広々として、気持ちがよかった。

洋式を取り入れたのも、よそに先んじていたのではないかと思う。

「それじゃないかな」と、再び兄妹で話し合う。

「ウチのお手洗いが、あんまり気持ちよかったから、学校のお手洗いが苦痛だったのよ、きっと」

そういえば、このごろの小学生も、学校のお手洗いが苦手であると聞く。とくに、大きいほうの「用」が、学校では足せないのだそうだ。登校拒否にまで発展してしまう場合があるとかで、学校側も、旧態依然としているお手洗いをなんとか「愛される空間」にしようと、知恵を絞っているらしい。

ひょっとして、「学校で用を足せない症候群」の子供たちが大きくなると、私たち兄妹と同じような夢に悩まされるのだろうか。

私は大体がボンヤリしたオンナだが、お手洗いについてだけは、早くから一家言持っていた。

家を建て直したときも、「トイレは文化です!」と、建築家に一席ぶったりした。

片隅に押し込めないこと。「御不浄」という空間にはしないこと。入って楽しい場所にすること。明るく広々としていること。

便器の目の前に、棚を作った。その棚に、花を活《い》ける。骨董《こっとう》のネコの置き物を飾る。美術書や、花の図鑑を並べる。棚の下には、コルクボードを取り付けて、覚えたい和歌や詩を書いた紙をとめておく。

わがお手洗いは、なかなかいい場所になった。ウチでいちばん落ち着ける空間かもしれない。棚の上には、そのときどきのお気に入りの本も置いてある。お手洗いに向く本、向かぬ本というのが厳然とあって、小説、ことに推理小説は、相性が悪い。軽いエッセイなどがいい。

本から顔を上げると、壁に掛けてあるスコットランドのカレンダーが目に入る。その写真に見入りながら、考える。(そうだ、ここに足りないのは「眺め」だわ。次にお手洗いを作る機会があったら、眺めも取り入れよう)。再び本に心を戻し、ゆっくりゆったり過ごす。

おかげで、滞「手洗い」時間が長いと、家族の評判がすこぶる悪い。

兄の評判もよくないらしい。先日、兄嫁がこぼしていた。

「ウチのお父さん、トイレで本を読むのよ。アレだけはやめてほしいんだけどな」

なるほど。やはり私たち兄妹には、何やらトイレ関係の不思議な遺伝子が組み込まれているのかもしれない。

屋根裏から

ラーベの『雀横丁《すずめ》年代記』を読んでいたら、「あらゆる芸術の分野で、もっとも新鮮で、もっとも独創的な作品が生みだされた場所は屋根裏部屋である」というような一文に行き当たった。

読みながら、「おおッ！」と感動してしまった。だって、私がその文章を読んでいた場所が、我が家の屋根裏部屋にほかならなかったからである。

実は、この原稿を書いているのも、その部屋。だからといって、「もっとも新鮮で、もっとも独創的な作品」を「生みだそう」「生みだせる」などという妄想を抱いているわけではありません、もちろん、決して。小さいころからの屋根裏への憧《あこが》れが、ふと思い出されたのである。

『アルプスの少女』『小公女』『若草物語』、私の大好きだった本のなかには、必ず屋根裏部屋が出てきた。

『アルプスの少女』ハイジが、おじいさんの山小屋で、自分の寝室に選ぶのは、屋根裏の干し草置き場である。太陽をいっぱいに含んだ、いい匂《にお》いのする干し草の上に、分厚いシーツを敷いてベッドを作る。小さなまるい窓がすぐ近くにあって、チラチラと瞬《またた》いている星を眺めながら、ハイジは眠りにつくのだ。

『小公女』セーラは、寄宿学校の特別待遇生だったが、ある日突然無一文となってしまい、粗末な屋根裏部屋に追いやられ、ただこき使われるだけの、ひもじく、つらい日々を送らなければならない。だが、ある朝目覚めると魔法が行われていた。部屋の様子が一変していたのだ。火の気がなかった炉には火が燃え、むき出しだった床にはフカフカの真っ赤な絨毯《じゅうたん》が敷かれ、テーブルの上には美味《おい》しそうな食べ物が並んでいる……。そしてそれからというもの、毎晩のように魔法はふるわれた。部屋は日ごとに美しく、贅沢《ぜいたく》になっていく。

屋根裏部屋はまた、『若草物語』の次女ジョーのお気に入りの場所でもあった。ジョーは赤いリンゴをたくさん抱えてそこに引っ込み、日当たりのいい窓のそばの、古い三本脚のソファに寝転びながら、大好きな本に涙するのだ。

家を建て替えるとき、いちばん嬉《うれ》しく、楽しみに思ったのは、二階の私の部屋に、もひとつオマケの「屋根裏部屋ができる」ということだった。

「屋根裏に部屋を作らなければ、それはそれで天井の高い、気持ちのいい空間になりますが、どうします？」

建築家は、屋根の勾配《こうばい》をいかした、山小屋風の高い天井を考えてもいた。

「屋根裏」と聞いて、少女のころの夢が一気によみがえってきた。

「ああ、ぜひ、ぜひ、作ってください！」

星空をあおぎながら眠ろうか。小さな可愛《かわい》いソファを置いて、日向《ひなた》ぼっこをしながら、本を読もうか。『小公女』のような「魔法」は期待できないとしても、「魔法」みたいな部屋を自分で作ることはできる。

できあがった部屋は、三畳足らずの、こぢんまりしたいい空間だった。梯子《はしご》状の階段でそこに登っていく。登って真っ正面の壁に机を置き、右側の、腰ほどまでの壁には本棚をしつらえた。ここを書斎もどきとするつもりである。本棚越しに斜めの天井が、本棚から下を見おろせば、私の寝室が見える。

左側の壁の向こうは、妹の屋根裏部屋である。妹の部屋とは左右対称になっており、妹はそこを寝室にすることに決めていた。

屋根裏のいいところは、「落ち着く」ということだろうか。最初のうちは、この小さな、繭《まゆ》のような空間が、嬉しくて嬉しくてたまらなかった。ひょっとして、ここだけが「私の場所」なのかもしれない。「ベランダに鉢を置かせてね」「ちょっと、お布《ふ》団《とん》を干させてね」と、私の部屋に自由に出入りし、ついでに引き出しのなかのヘソクリも見つけていく母も、梯子が大儀なのか、ここまでは登ってこない。

だが、やがて新築の興奮から冷めると、その梯子を私までが大儀に感じるようになった。とくに掃除をしなければと思うときがいけない。あの重い掃除機を、ここまで持ってくるのか、面倒くさいなぁ……。原稿を書かなければと悲しく思っているときもいけない。あの梯子を、また登っていかなくちゃいけないのか、憂鬱《ゆううつ》だなぁ……。

物語にはあって、私の屋根裏にないものがあることにも、気がついた。窓である。星を眺める窓、魔法を運んでくる窓、さんさんと陽がふりそそぐ窓。

それでも、まだ冬のうちはよかった。我が家は天井が高く、がっちり作られているので、まるでお寺の本堂のように、冬はしんしんと冷え込む。だが、太陽さえ照っていれば、屋根裏だけは暖かいのだ。

しかし、間もなく春になり、夏が来て驚いた。いや、まだ五月の初めというころではなかったろうか。いちばん爽《さわ》やかな季節というのに、暑いのである。晴れの日の真昼ともなると、屋根瓦《がわら》が持つ熱がそのまま伝わってきて、屋根裏は三十度を軽く超え、半袖《はんそで》でも汗ばむほどになる。原稿を書くどころではない。

慌《あわ》ててクーラーを取りつけようとしたが、屋根裏部屋には窓がない。つまり外に開いている部分がないので、ちょっと難しいという。二階の寝室部分にはエアコンが据えられているのだが、残念ながら、冷気は上にはあがってこない。

私の難民生活が始まった。最初の何年間は原稿用紙を抱えて、やがてはパソコンを抱えて、季節労働者よろしく上へ下へと移動するようになった。パソコン自体の熱もあって、暑さはますます堪え難くなり、このごろでは下にいる日数のほうが圧倒的に多い。

確かに「屋根裏部屋」は、創作という意味でも、保存という意味でも、物語の舞台という意味でも、欧米では芸術に多大なる貢献をしてきた。だが、日本でそういう話を聞いたことがなかったのには、それなりの理由があるのかもしれない。

【その後】

強力送風機を手に入れ、エアコンの冷気を上に送ることに成功しました。我が家の屋根裏部屋から、「新鮮」で「独創的」な作品が生みだされる日が、いつかやってくるやもしれません。

別荘には目玉がいる

山に家をつくるとき、二つの点で建築家と意見が割れた。

一つは、「こぢんまり」か「広々」かということだった。

できあがった設計図を見て、「この部分、いらない」と、母が言い出したのだ。「この部分」と指差されたのは、広々ととられた居間だった。

「だって、別荘でしょ」と母は言った。

「いつも住むところじゃないんだから、そんなに広いことはいらない」

しかし、建築家には建築家としてのこだわりがある。

「たまに過ごす空間だからこそ、のびのびしていたほうがいい」

ちまちました家をつくるくらいなら、自分は「おりる」とまでおっしゃるのだ。

建築家におりられては家はできないから、結局、母が「こぢんまり」をあきらめた。

で、結果はどうだったかというと、これは建築家が一〇〇パーセント正しかった。その広さが、なんとも心地よいのである。山の家に行くたびに、えも言われぬ解放感に浸れるのだ。

東京の我が家に帰ってくると、かの母親の嘆くこととしきりである。

「ああ、何だか、壁や天井が迫ってくる感じね。やっぱり山が広々としていいわね」

さて、もう一つの意見割れは、風呂《ふろ》をジャグジーにするかどうかだった。建築家は「贅沢だからいらない」と主張し、私は「別荘には目玉がいる」と言い張った。最終的には、「予算上、無理だったら、ヘソクリをはたいてでも目玉をつくります！」と、たんかを切ってジャグジーを入れた。

こちらのほうは、私の意見を通して一〇〇パーセント正解だった。風呂場の明かりを消して、窓を開け放ち、庭園灯に揺らめく石楠花《しゃくなげ》の花を眺めながら、ボコボコいう泡に包まれてごらんなさい。まさに、そこは極楽なのである。

「別荘には目玉がいる」と教えてくれたのは、イギリス人のジュリアンだった。
彼は、南仏プロヴァンスに別荘を持っている。暗く陰鬱な冬を過ごすイギリス人にとって、南仏のこぼれるような陽射《ひざ》しは憧れである。泳ぐ泳がないは別として、そこに別荘を持つとなれば、プールをつくることもまた、憧れである。

別荘を建てるとき、プールをどうするか、ジュリアンも相当考えたらしい。プールをつくるとなると建築費が跳ね上がる。管理費も馬鹿《ばか》にならない。

「だけど、プールがあるとないでは、別荘の価値が断然違う。友達を呼ぶにしても違う」と、思い切って、プールをいれることにした。そして、それで大正解だったという。

「あそこにはアレがあると思うと、何だか豊かな気持ちになるんだ」

ロンドンのジュリアンの家に行くと、必ず見せられるアルバムがある。

そこには別荘が形を成してゆく過程が、克明に記録されている。訪れるたびに、アルバムは厚さを増してゆく。何度も手を入れた設計図。更地の写真。溝が掘られ、礎石が築かれ、煉瓦《れんが》が積まれ、だんだんと南仏風の家がたちあがってゆく様子。大理石も、大きな梁《はり》も、家に組み込まれる前と後の姿が、きっちりと写真におさめられている。

プールももちろんあった。大きな穴が掘られているところ。そこにゆっくりタイルがはられ、やがて水が入ってプールとなる。

「几帳面《きちょうめん》なのねぇ……」と、アルバムをめくりながら私が感心すると、「イヤイヤ」

と、ジュリアンはさかんに謙遜《けんそん》する。

「イギリス人にとって、家を建てるというのは、とても珍しいことなんだ。だから、一つも見逃したくないと思ってさ」

そんなに心を砕いて建てた家、いっぺん見てみたい……と社交辞令で呟《つぶや》いたら、

「行こう、これから行こう」と、あちらが勝手に盛り上がってしまった。私は仕事でイギリスに来ているのである。遊びに行く暇なんかない、と言うと、「働いてばかりでゆったり人生を楽しまないのは、日本人の悪い癖だ。何のために生きている」と、私を糾弾する。

そこまで言われれば、日本人としてのんびりできるところも、見せなくちゃならない。

無理矢理休みを取って、水着を買い、週末に南仏へと飛んだ。

別荘は出来たてのホヤホヤで、建築の残滓《ざんし》だらけだった。家まわりなどはまだ手つかずである。

しかし、私はゆとりのある日本人なのだ。意地になって、掃除の手伝いなどしない。麦わら帽子をかぶってプールサイドに寝そべり、日がな一日、文庫本なんぞを読んで

いる。ときどき、思い出したようにプールに飛び込む。

その間ジュリアンはというと、まだツヤの出ていない床をせっせと磨いている。プールに落ちた木の葉をこまめにすくう。汗だくになって家のまわりの岩を掘り出し、石垣を築く。一日中、働きづめである。少しでも建築費を節約しようと、自分でできることは、全部、自分でやる決心らしい。

ふーん、別荘を持って、かえってのんびりできなくなってるんじゃないのかな……と、横目でそれを眺めつつ、私は思っていた。

しかし、今ではジュリアンの気持ちがよく分かる。

山の家に行くと私も働きづめなのである。

わずかの間に床に積もった塵《ちり》に掃除機をかける。松ヤニのついた窓を拭《ふ》く。タンポポに席巻された庭の草むしりをする。

休みが終わるころには、すっかり疲れ果て、自分がボロ雑巾《ぞうきん》になったような気分になる。

しかし、ボコボコと泡音をたてる風呂にくたびれ切った身を横たえながら、私は幸せでいる。

「のんびり」とは、この一瞬のことなのかもしれない。

おこたの間

そういえば、むかし、八畳の和室を「おこたの間」と呼んでいたと、ふと思い出した。「離れ」「奥の部屋」「絨毯《じゅうたん》の間」「おこたの間」……、ボロボロの安普請《やすぶしん》だったのに、考えてみれば、我が家はどこもたいそうな名前がついていたものである。

「おこたの間」は、玄関のすぐわきにある客間だった。「おこた」というのは「炬燵《こたつ》」のことで、冬の間だけまんなかの畳が取り払われ、掘り炬燵がしつらえられていたから、そう呼ばれたのだろう。夏も「おこたの間」と呼んでいたかどうかは、定かではない。夏には、畳一面に籐《とう》の敷き物が敷かれ、部屋全体がヒンヤリと取り澄まして、近寄りがたく感じられた。

だが、「おこた」が入ると、部屋の雰囲気が一変する。シンとした客間から、賑《にぎ》やかな団欒《だんらん》の場に変わるのだ。

編み物をする母の横で、宿題をする、マンガを読む、兄妹《きょうだい》と足の蹴《け》りあいをする。勉強をしていると、なぜか必ず消しゴムがなくなった。

「あれ？　私の消しゴム、誰か知らない？」

「炬燵に落ちてるんじゃないの？」

炬燵にもぐり、赤外線の光の中で、消しゴムを捜す。消しゴムだけでなく、いろいろなものが見つかる。着せ替え人形の洋服、一円玉、ちびたクレヨン。なんでこんなものが、こんなところに落ちてるんだろう。

「むかしの炬燵は練炭を使っていたからね、掘り炬燵にもぐって遊んで、中毒で死んじゃった子がいたの」

母の言葉を思い出す。急に息苦しくなる。慌てて炬燵布団《ぶとん》から顔を出し、「プハッ」と大きな息をする。ツンと冷たく、澄んだ空気が私を迎えてくれる。

炬燵のそばには、腰までの高さの戸棚があって、マンガや絵本とともに、幻灯機とスライドがしまわれていた。たまに、父が「幻灯しよう」と言って、明かりを消し、戸棚の唐紙をスクリーンにして、スライドを見せてくれた。私が生まれる前に、捕鯨船に乗って南氷洋を旅したときのスライドである。

ボンヤリしていた思い出が、だんだんクッキリと輪郭をなしていく。そう、私は

「おこたの間」が大好きだったのだ。

いまの家に、なぜ掘り炬燵をつくらなかったのかわからない。私は「つくりたい」と言ったような気がするが、居間は床暖房にしてあるのでいらないと、建築家に一蹴《いっしゅう》されたのだろうか。

その床暖房の居間に、なぜ置き炬燵を入れたのかもわからない。掘り炬燵を入れられなかったのが、よっぽど残念だったからか。それとも、当時、「史上最愛の猫」がいて、明けても暮れても「フクちゃん」「フクちゃん」と可愛《かわい》がっていたから、その猫のためだったのかもしれない。

とにかく、家を新築するとすぐに、炬燵を買いに行った。首までの背もたれがついている、たっぷりしたリクライニング式の座イスも買った。

この炬燵が大人気だった。置き炬燵は初めてだったのだが、これがなかなかいい。なんといってもいいのは、脚を伸ばして寝られるということである。食事が終わると、お茶を持って炬燵の指定席に移る。テレビを見ているうちにウトウトと眠くなる。リクライニングを倒して横になる。ああ、極楽、極楽。

掘り炬燵ではこうはいかない。

小さい頃の「おこた」でも必ず眠くなった。だが、腰かけながら、上半身だけ横になるのは辛《つら》い。そこで、兄や妹が座っているへりに足を載せようとすると、必ず意地悪をされた。意地悪されなくても、やっぱりその姿勢は不自然で、幸せには眠れない。

もうひとつ、違いがあった。掘り炬燵は、出たり入ったりにあまり抵抗がないのだが、いったん置き炬燵に入ると、立ち上るのが非常に大儀なのである。リクライニングを倒して眠ってしまうと、もう電話にも出たくない。

猫も同じで、炬燵に入ったきり、滅多に出てこなくなった。ときどき、暑くて息苦しくてたまらなくなると、「プハッ」と息継ぎに飛び出してくる。しかし、すぐにまたもぐりこんでしまう。冬はフカフカであるべき毛が、どんどん薄く、みすぼらしくなっていった。

「炬燵はよくない。フクちゃんも私たちも堕落しちゃう！」

というわけで、置き炬燵は、わずかひと冬でお払い箱となった。

山の家には掘り炬燵をつくった。

「おこたの間」と同じく、夏の間は畳でおおい隠せるつくりとなっている。

ところが、この、炬燵の穴の蓋《ふた》となる半畳ほどの畳、ほとんど使われたためしがない。

夏が短いせいもあるが、和室に置く適当な座卓がないため、炬燵やぐらがどうしても必要なのである。それに、座卓よりも、腰かけ式のテーブルの方が、みんなに喜ばれる。

使われない畳はずっと青いままで、すっかり色褪《あ》せてしまったまわりの畳と不釣り合いになってしまった。炬燵をしまうことは、もう永遠にないかもしれない。

山の「おこたの間」をおもに使っているのは、下の兄の一家である。炬燵を囲んで、コの字型に布団を敷き、そこを寝室としている。

甥姪《おいめい》が小さい頃、よく炬燵で宿題をさせられていた。勉強に飽きて、足を蹴りあったり、布団を引っ張りあったり、斜めに寝転びながらマンガを読んだり……、時は流れても、子供のやることは、そう変わらない。

一家が帰った後、布団を取り払い、炬燵の中を掃除する。むかしはもぐり込むのが楽しくてしょうがなかったものだが、いまは「ドッコイショ」と、掛け声が必要である。

オモチャの部品が落ちている、人形のソックスも出てきた、そしてなくなったと騒いでいた消しゴムも……。

「ヤレヤレ」と溜《た》め息《いき》をつきながら、私はなんだかホッコリと温かいものを感じている。

石神井の家

瓦全亭

昭和二十一年、自宅二階の書斎で執筆する坂口安吾（撮影・林忠彦）

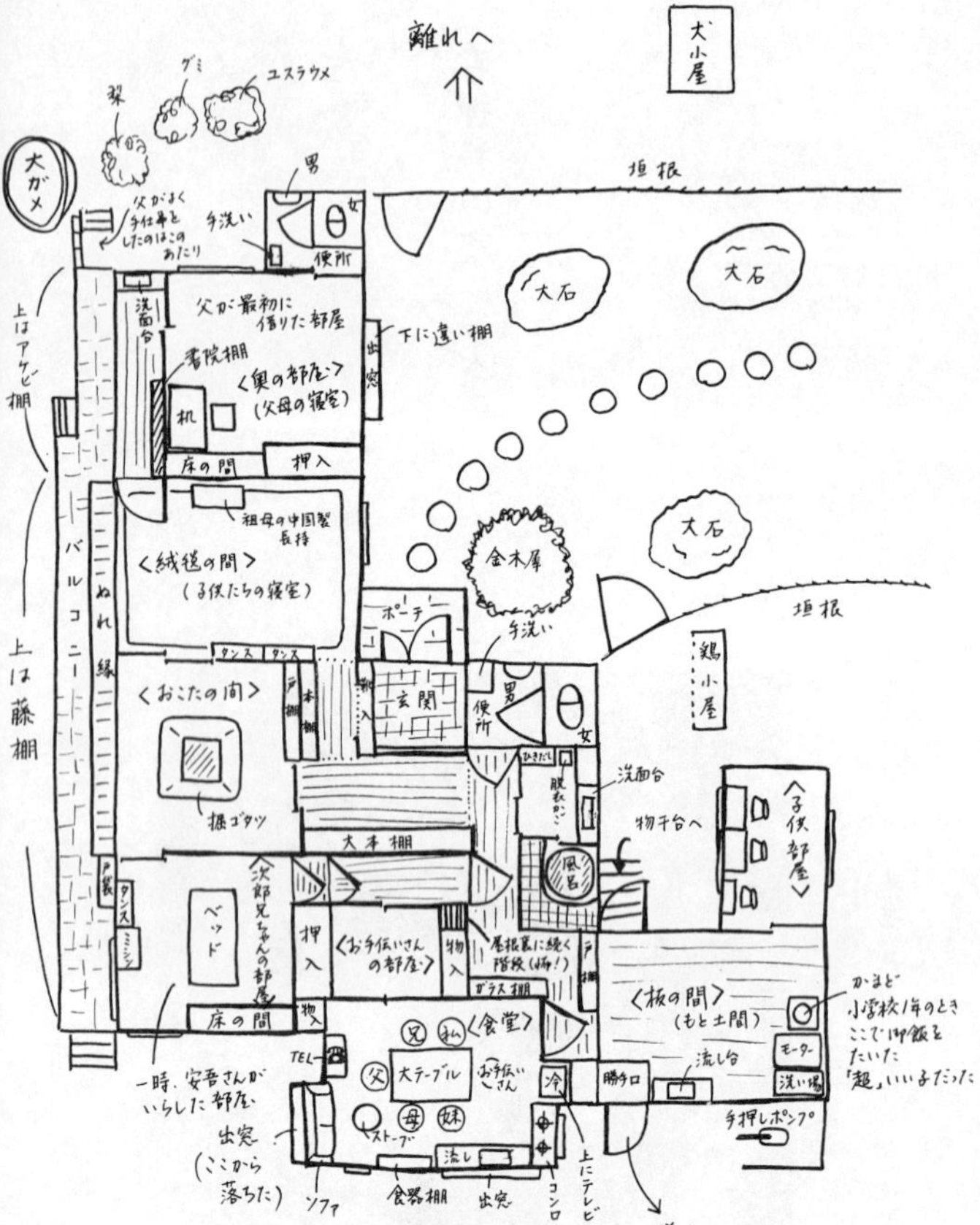

石神井の家
（次郎兄の病室がある頃）

小さな頃から、大きな家が憧《あこが》れだった。

（小学校がもし私の家だったら……）と、ワクワクしながら夢想したこともある。

（私の部屋はどこにしよう）

（一つだけじゃなくって、三つだって四つだって持てるんだわ）

あたりが急速に宅地化され、子供の数が爆発的に増えた時代だった。学校は、いかに多くの児童を収容できるかのみに、心を砕いていたといっていい。

お世辞にも美しい校舎ではなかった。デザインも何もあったものではなかったろう。不細工なコンクリートの塊。砂利のまき散らしてある校庭も、殺風景そのものだった。

だが、その広さゆえに、私は憧れた。

なぜ、あれほど大きな家に憧れたのだろう。恐ろしく狭いところに住んでいたから、というならわかる。ところが、私は比較的「大きな家」に住んでいたのである。ひょっとして、クラスでいちばん大きな家だったかもしれない。

ただし、金持ちだったわけではない。

物堅いサラリーマンならば、月々わずかにせよ貯《たくわ》えができるものだろうが、我が家の主《あるじ》に定収はなく、おまけに濫費《らんぴ》の大王ときている。いつ、どのときを振り返っても、預貯金はゼロ。給食費や教材費が払えなくて、悲しい思いをしたことは、一度や二度ではない。

その「大きな」我が家を買ったのも、大王様の「濫費」にほかならなかった。

むかし、一家は、田んぼや畑に囲まれた小さな家に住んでいた。私がまだ生まれていない頃の話である。よくある文化住宅のような造りだったと母は言う。

大王様、つまり父は、原稿書きをなりわいとしていた。こんな狭い我が家では仕事ができないというわけではないが、やはり、赤ん坊の泣き声や子供の足音、煮炊《にた》きの気配にわずらわされずに執筆に専念できれば、それにこしたことはない。

そんなとき、近所で耳寄りな話を聞いてきた。夫と別れたばかりの女主人《あるじ》が、間借り人を探しているという。公園のそばの広い家なので、縁側から出入りすればいっさい没交渉。物音も気にならないらしい。

父は、早速その部屋を借り受け、書斎として使い始めた。

それから間もなくのことである。

大王様が「小さな家」に帰るなり、「あそこを買った！」とのたまった。部屋ではない、家一軒まるごと、である。

大王の衝動買いには慣れっこのはずの奥方も、さすがにびっくりしたらしい。ついこの間、大家さんに、「お世話になります」と、挨拶《あいさつ》をしに行ったばかりではないか。

だが、さて、そんなお金がどこにあるだろうか。もちろん、どこにもない。

「あるとき払い」とたかを括《くく》っていたのかどうか、上機嫌の大騒ぎで引っ越してみたら、矢のような催促が始まった。いつの間にか、女主人には強面《こわもて》の恋人がついていて、催促は日ごと脅迫の様相を呈してくる。

困り果てた大王は、友達のつてを頼み、映画会社に自分の作品を売りつけて、そのお金を工面した。ところが、ほっとしたのもつかの間、さらに困ったことになった。映画会社から振りだされた小切手が不渡りになってしまったのである。

それからの事情はわからない。わかっているのは、母が父の手紙を持って丹羽《にわ》文雄《ふみお》さんのお宅を訪ね、五万円を借りて帰ったということである。

当時の五万円がどのくらいの額だったか。家の代金の一部だったのか、全部だったのか。とにかく、その五万円を、ポンと気前よく、丹羽さんは貸してくださった。おかげで、一家はようやく落ちついて暮らせるようになった。まったく、丹羽文雄サマサマなのである。

その家が、いま暮らしている石神井の、私が生まれ育った(建物そのものは違うが)家である。

ちなみに、丹羽さんからお借りした五万円であるが、まだお返ししていないらしい。

「だってね、お返ししようにも、当時の五万円は、いまの五万円ではないでしょ」

と、母は言い訳する。

ひょっとして、この大恩に報いよと、丹羽文雄サマにあやかって、私は「ふみ」と名付けられたのかもしれない。

父は普請《ふしん》好きだった。職人さんを入れるのが好きといったほうがいいかもしれない。

家は、あちらを建て増し、こちらを継ぎはぎ、頻繁に手が加えられた。もちろん、そのたびに借金もふくらんでいった。

私の記憶の、いちばん古いところにある家が、いつ頃つくられたものか知りたくて、母に尋ねてみたが、あまりにもたびたび増改築が行われたので、母の記憶も少々混乱しているようである。

だが、「火宅の人」時代の父が、アメリカから母に書き送った手紙に、「早く帰って

（新しく入った）ストーブの前でビールでも飲みたい」とあったというから、ストーブを入れた「食堂」は、その頃からあったらしい。私が、二歳か三歳だったろうか。食堂の片隅には革張りのソファが置いてあって、その上が出窓になっていた。私はよく、ソファから出窓へと、のぼったりおりたりしながら遊んでいた。

ある日、その出窓から、まっさかさまに落ちた。

家にまつわる記憶では、多分、それがいちばん古い。

そんな大事件にもかかわらず、母は覚えていなかった。二番目の兄が大病して間もなく、妹も生まれたばかりで、家にはお手伝いさんやら看護婦さんやら、たくさん出入りしていた。そういう「どさくさ」だったのかもしれない。

「そういえば、『打ちどころがよかったんでしょうねぇ』と、誰だったか言ってたような気もするわねぇ」

母の答えは、まことに曖昧模糊《あいまいもこ》としている。

一家で越してからは、父が間借りしていた部屋が、夫婦の寝室となった。家の端っこ、台所や茶の間からいちばん離れたところにあったので（だからこそ女主人も貸そうなどと思い立ったのだろうが）、そこは「奥の部屋」と呼ばれるようになった。

まだ子供は二人しかいない。自由に使える部屋がいくつもある。

八畳ほどの和室が四部屋並んでいて、一方の端が「奥の部屋」である。もう一方の端を、父は新しい書斎とすることにした。

だが、その書斎に落ち着く間もなく、我が家はとんでもない珍客をお迎えすることにあいなった。

薬のせいで、少々というか、大分錯乱気味の、坂口安吾《あんご》センセイである。

年譜によると、昭和二十六年の九月、坂口安吾さんは、伊東の競輪場で、あるレースの写真判定に疑惑を抱き、不正があったに違いないと、地方検察庁に告発状を送る。世に言う「競輪事件」である。だが、それが大々的に報道されると、今度は、誰かに「狙《ねら》われている」「殺される」と、妄想を抱きはじめた。

そこで、良き友たる父が、安吾さんを我が家に「かくまって」さしあげることにしたのである。安吾さんばかりではない。その妻と、愛犬のラモーもお守りしなくてはならない。

父は、安吾さんご一行に、自分の書斎を提供した。

「静かな同居人であった」と、父は後年、エッセイ「坂口安吾」に書いている。

「朝から晩まで机の前に端座して、私が一晩徹夜して二、三十枚書き飛ばす時には、安吾は四、五十枚、綺麗《きれい》な鉛筆の文字で、サラサラと原稿を書き終っているのである」

もちろん、「凪《なぎ》」のときばかりではなかった。あるときは、部屋中のものをポンポン外に放り出す。またあるときには、カレーを百人前取れと駄々をこねる。

「ハイ、注文しておきましたって、適当におっしゃったらいかがですか」

母が入れ知恵してみるが、三千代夫人は、

「でもね、すぐにわかってしまうんですのよ」

と、夫の言いつけにはあくまでも従順である。

小さな町のこと、いきなり百人前も用意できる店はなく、安吾さんの乱心も、二十人前ほどの皿を庭に並べると、やがて収まったらしい。

安吾さんは、コリー犬のラモーを大層かわいがっていて、起居をともにしていた。当然、安吾さんが召し上がるものと思って、うちの冷蔵庫にお預かりしていた、当時としては貴重だったハムやソーセージは、ほとんどラモーのおやつになったという。だが、ご主人様の癇《かん》が高ぶると、まっさきに怒鳴られ、外に放り出されるのも、またラモーだった。

当時、家のまわりは田んぼと畑だった。散歩の最中に、肥溜《こえだ》めに落ちたこともあったというから、ラモーにしてみれば、さんざんな仮住まいだったことだろう。

嵐《あらし》のようなひと月ほどが過ぎて、やがて、一行は去っていった。

書斎は再び父のものとなった。

だが父は、

「なんだか、安吾の亡霊が住みついているみたいだなあ」

と、しばらく居心地が悪そうにしていたらしい。


「競輪事件」の後、安吾さんは四十六歳にしてはじめて子宝を授かる。そのときも、父は安吾さんのそばにいたらしい。といって産室を訪ねたわけではない。二人で旅をしていたのである。旅先の宿で、安吾さんは暴れ、留置所に入れられる。


翌朝、父が留置所に迎えに行き、二人して新たな宿に落ち着いて、一杯飲みはじめたところに、安吾さんに電話が入った。

「赤ん坊は親父《おやじ》がブタ箱に入ったことをチャーンと知ってやがる。それで、親父がブタ箱から出たところを見はからって、オギャーと生まれてきたらしいや」

電話から戻ってきた安吾さんは言った。

「あのホッと一息ついたような……辺りを見廻してみるような……淋《さび》しい、しかし毅《き》然《ぜん》とした微笑を忘れることが出来ぬ」（「安吾・川中島決戦録」）

と、父は書いている。

安吾さんの心にも行動にも、しばしの平安が訪れた。だが、その幸せも長くは続かない。赤ん坊に自分の思い出を残してやるひまもなく、父親は急ぎ足で、あの世へと旅立っていった。

父は、この赤ん坊、つまり安吾の遺児の綱男《つなお》さんのことを、とても心に掛けていたようである。小学生のときに母親に棄《す》てられた父もまた、家庭的な幸せとは遠く育っている。親の縁に恵まれない子を見ると、放ってはおけないところがあった。

「安吾が言ってたけど、『親はなくとも子は育つ』なんてもんじゃないね。『親があっても子は育つ』さ」

口癖のように父は言っていたが、その実、安吾忌にはできる限り顔を出し、綱男さんの成長の様子を確認していたらしい。

綱男さんが大人のとば口の、難しい年頃にさしかかったあたりからは、毎年のように、

「綱男クン、僕の娘とキミは許嫁《いいなずけ》だからね。いいね。これは安吾と決めたことだから

ね」

と、言い言いしていたという。

つい先年、坂口綱男さんにはじめてお目にかかって、その話を聞いた。「娘」は二人いるが、坂口安吾存命中に生まれているのは、私だけである。だが、父は生前、ひと言としてそんな話を私に漏らしたことはなかった。

「安吾が言ってたけど」と、父が好んで引いていた言葉はもう一つある。

「女がハタキをかける姿なんて、見たくもない。ゴミが一寸の厚さにつもっていても、平然と坐《すわ》っていられる女がいいね」

私は、異常なほどの潔癖少女で、テレビのドタバタ喜劇のなかで部屋が散らかされてゆくのを見てさえ、気分が悪くなっていたくらいだった。だから、きっとこの話も、眉《まゆ》をひそめながら聞いていたのではないかと思う。

だが、経《ふ》る年月とともに、さまざまなものが身の上にも身の回りにも積もり、今や、堆積《たいせき》したモノモノに囲まれて、私は身動きもできない。この堆積物を、崩さずに保つためには、そのなかで平然と笑っていられるくらいの根性がなければならないのである。

「許嫁」話の真偽のほどはわからない。

しかし、もし二人の間に、本当にそんな取り決めがあったとして、安吾さんがもっとずっと長命でいらしたなら……と、楽しく思い巡らしてみないこともない。私は、舅《しゅうと》の理想の嫁だったろうに。

安吾さんはくりかえし、「家なんて、実にいらないもんですよ」「三畳か四畳半の部屋が一つあれば沢山だね」と言っていたという。それでもたった一度だけ、父のすすめで、石神井に三百坪ぐらいの土地を買おうとしたことがあったらしい。

「その三百坪の土地いっぱいにテニスコートを作り、そのテニスコートの守小屋のあんばいに、十畳一間だったか、十二畳一間だったか、造ろうと計画していた」（「坂口安吾」）

十畳か十二畳の板の間に、グルリとつくりつけの腰かけがあるだけ、家はそれで十分。それが安吾さんの考えだった。

近くに坂口家があったとしたら、私が縁づいた可能性はますます高まる。

しかし、いまだに「大きな家」への未練を断ち切れない私に、果たして、坂口家の家風に馴染《なじ》むことができたろうか。

やっぱり、舅のお気に入りの嫁には、到底なれなかっただろうと少しく残念に思う。

他人の住まいはよく見える

保護色

「おばちゃんの部屋を見てみたい」

　というのが、姪《めい》の小さい頃からの夢である。

　可愛《かわい》い姪っ子に取り入ろうと、年甲斐《がい》もなくディズニーのキャラクターのついた服を着たり、真っ赤な車に乗って颯爽《さっそう》と現れ、姪の好むところに連れて行ってやったりしたのが、いけなかったのだろうか。「おばちゃん」はお姫さまのような部屋に住んでいるらしいと、とんでもない幻想を抱いてしまったのだ。

「小学生になったらね」

　姪が三つのときには、そう言ってごまかしていた。小学校にあがる頃は、もうそんな約束、覚えてはいるまい。

　ところがどっこい、覚えていた。

た。

「ハナコ、もう小学生になったから、おばちゃんの部屋、見てもいいんでしょ」

と、禁断の階段を上ろうとする。慌《あわ》てて、姪の豊かな想像力に訴えかけることにし
「いいよ。でもねェ、二階にはこわーい魔法使いが住んでいるんだョ」

姪はもう小学生なのである。まるごと信じるわけではない。しかし、階段を上る足がハタと止まり、かすかに震え始めた。「テンペーも行こう」と、心細げに弟を誘う。

「だめよ。テンペーはまだ幼稚園だもの。ハナコちゃん一人で行きなさい。気をつけてねー」

姪は、しばらくドアをにらみあげていたが、やがて小さな溜《た》め息《いき》をひとつついて、シオシオと引き返してきた。

ホッとする一方で、愛する姪のせっかくの夢なのにと、チクチクと胸が痛む。しかし、「どうぞ」とニッコリ私の部屋に招き入れれば、それはそれで、姪の夢を粉々に砕くことになってしまうのだ。

姪は今でも叔母の部屋に、興味津々《しんしん》であるらしい。だが、「見せて」とはもう言わない。こっそり覗《のぞ》いたりもしない。そこに魔法使いなどいないことは、とうの昔にわかっているが、魔女の呪《のろ》いより恐ろしいものがこの世にあることも、また、よぉーく

知っているのである。

いま、ニューヨークのホテルの一室でこの原稿を書いている。抹茶色の絨毯《じゅうたん》。クリーム色の濃淡が縞《しま》を描いている、絹のように柔らかな光沢をもつ壁紙。漆喰の天井。そこここに置かれた、アンティークの家具。幾重にもひだのとられたカーテン。うーん、こうでなくっちゃ……。姪の夢も、こんな部屋なら、たっぷりと満たされたことだろう。

今回の旅行は、まったく仕事抜きである。マイレッジが貯《た》まったので、久しぶりにニューヨークを散策してみようと、思い立った。

「ホテルはどうします？」

「そうねェ、私、贅沢《ぜいたく》大好きだからなァ……」

そう答えたら、セントラルパークを見下ろす、超一流のホテルを薦められた。私は、あぶくのような贅沢に本当に弱い。モノだったら、すぐさま、「そんなに高いモノ、いりません！」と、きっぱり思い切れるのに、「つくりはもちろん、眺めもサービスも、素晴らしい！」と聞いたとたん、シマアジを前にしたネコ状態になってしまった。どうしても、コレが食べてみたい。いつものキャットフードなんか、匂《にお》いもかぎたくない。

　というわけで、思い描いていた予算の優に三倍はする、このホテルに決めた。浮いた飛行機代が、すべてホテル代で消える。消えるどころか、相当に足が出る。

　だが、どこを見ても、うっとりするほど美しい部屋にいることの、何たる幸せ。幸せすぎて、原稿がまったく進まない。

　我が家だったら、どこを見ても、「ああ！」と忸怩《じくじ》たる思いがするので、どこも見ないようにして、ひたすら原稿に集中することができるのだが、この部屋は、あそこもここも、私に「見て、見て」と誘いかけてくる。ほら、今もまた、スタンドの、クリスタルの台座の形が、一つ一つ違うのに気がついた。気がつくと、近づいてじっくり見ずにはいられない。

　こうして、原稿が書けぬまま、夜はどんどん深くなってゆく。


「ヒトってね、保護色なの」

　とおっしゃったのは、美輪明宏《あきひろ》さんだった。

　人間は、環境の動物である。やさしい色、やさしい音、やさしい雰囲気に囲まれていれば、自然、やさしくなる。

「マホガニーの壁、ふかふかの絨毯、観葉植物、名画、そういう立派なオフィスにいたサラリーマンがね、左遷《させん》されて、プレハブに蛍光灯の、味もそっけもないところで長いこと仕事してると、やっぱり、人間もなんだかそんなふうになってきちゃうの」

そういえば、グラビアで何度か拝見した美輪さんのお宅は、確かにご自身にぴったりのゴージャスな雰囲気だった。もちろん美輪さんが望んで、そういうインテリアになさったのだろうが、その部屋に包まれて、美輪さんがさらに「美輪明宏化」しているのもまた、事実かもしれない。

となると、しかし、私はどうなるのだ。

あの部屋が私か、私があの部屋か……。魔法使いがひそんでいる、東京のわが部屋のことを、思い出すだに情けない。

パソコンから頭をあげると、アールデコ風の鏡が部屋全体を優しく映し出している。よし、いつかはこういう鏡を置こう。いつかはこういう部屋に住もう。そして、私もこの部屋みたいな雰囲気をかもし出すのだ。

しかし考えてみれば、二十歳の昔から、素敵なホテルに泊まるたび、趣味のいいお宅に伺うたび、ショールームを覗くたび、「いつかは……」と思い続けてきたのではなかったか。

「グズグズしていると、『いつか』がやって来ないうちに、死んじゃうぞぉ……」

と、このごろなんだかとても焦《あせ》りを感じる。

だがまあ、今ここに、とりあえずの幸せはある。ニューヨークの七日間、この部屋をなめるように味わおう。一週間で、私がどこまで保護色になれるか……。

理想の書斎

作家の宮尾登美子さんは、『宮尾本　平家物語』に取り掛かるにあたって、お住まいを東京から北海道に移された。

札幌とか函館とかの大都会にではない。千歳《ちとせ》空港から野を越え丘を越え、エンエン二時間半は車に揺られて行かなければ辿《たど》り着けないような、片山里である。

しかも転居通知には、「お近くにお越しの際は、是非お立ち寄りください」なんていう、通り一遍のお愛想は一切なかった。「はなはだ勝手ながら、当分の間、用なきご来駕《らいが》は固くご辞退させていただきます」と、キッパリしたためられていたと聞く。

「だって、アタシくたびれきっちゃったのよ」

と、宮尾先生はおっしゃる。

東京にいらっしゃるときは、スケジュール表は真っ黒。打合せやら、会食やら、相談やらに煩《わずら》わされず、一日落ち着いて書斎にこもっていられるのは、月にわずか五日ほどしかなかった。

「ともかく、その現実から逃げなきゃいけない、だからね、『遁走《とんそう》』と言ってるの、私は」

ゆったりした笑みを浮かべながら、そうおっしゃる宮尾先生の目は、遠く羊蹄山《ようていざん》の姿をとらえていた。眼下には洞爺湖《とうやこ》が見える。木々が色づいた葉っぱをきらめかせながら、優しく揺れている。窓は思いきり大きく取られていて、北海道の雄大な自然が、そのままこの家の一部として息づいているようである。

書斎を見せていただく。

居間から台所を抜けると、そこはもう仕事場である。玄関からまっすぐ、家の真ん中を貫いている廊下からも入れるのだろうが、私を案内してくださった感じからすると、いつも利用していらっしゃるのは、この台所を抜ける道に違いない。

宮尾先生の日常を思い描く。

食事が終わる。お茶を飲む。「さてと」と立ち上がって、台所に入る。皿を洗う（……かどうかは知らないが）。そして、そのまま書斎にこもって、原稿を書く。

う〜む、さすが主婦。その長い文章修業時代には、書き物机を持てず、食卓で原稿を書いていらしたと聞く。長年の習性で、台所が近くにあると、心が落ち着くのだろうか。

男性作家だったら、台所からいちばん遠いところに書斎を作るのではないかと思う。料理を愛し、日ごと夜ごと台所に立っていた私の父でさえ、台所の裏に自分の仕事場を作ることなど思いも寄らなかった。しかしそれは、父が料理を「愛しすぎていた」からかもしれない。台所へと、すぐ「遁走」したがる自分をよく知っていて、おのれを隔離する意味で、台所からなるべく遠い部屋を、書斎に選んだのだろう。

父は、私が知っているだけでも、八つ書斎を持った。ポルトガルに一年半暮らしたことがあるから、それを入れると、九つである。

奥の部屋。いっとき安吾さんがいらした和室。離れの北の間の書斎。同じく離れの座敷の隅に机を置いて作った書斎。寝室兼用の書斎。それから、囲炉裏の間。広間に四畳ほどの張り出し部分を設け、そこにどっしりした社長風デスクを買ったこともある（ただし、使ったところを見たことはない）。そして、「終《つい》の住《す》み処《か》」となった能古島の家。

私の知らない大昔や、恋人との暮らし、ホテルや旅館に缶詰になっての原稿書きなども考えると、父は生涯にいくつ書斎を持ったか分からない。

誰も、父自身でさえも、作家檀一雄を書斎に縛りつけておくことはできなかったといえるのかもしれない。


宮尾先生の書斎は、広々として明るかった。『平家物語』のために建てた家である。棚には『平家』に関する資料ばかりが並んでいる。清盛の棚、後白河法皇の棚、頼朝《よりとも》の棚……。大テーブルにも、付箋《ふせん》をつけられた資料が所狭しと置かれている。

デスクは窓に直角に置かれている。この窓も大きい。ペンを止めて左を向けば、そこからもきっと蝦夷《えぞ》富士と呼ばれる羊蹄山が望めるのだろう。

父の書斎が、どれも暗かったことを思い出す。窓の前に机を置いていても、雨戸やカーテンを締め切り、昼でも小暗い中で書いていた。

「陽の光が眩《まぶ》しいなんてことはないんですか」と、伺ってみる。

「ここは、北向きなの」と、宮尾先生。

ああ、だから葉っぱがキラキラしているのだ。北側に広い窓があり、その外にさらに広い空間があれば、花はみなこちらに向いて咲く。景色はこちらに向かって微笑《ほほえ》む。

北向きの割に、家の中が明るく感じられたのは、広々とした間取りのせいだろうか。

それとも天窓を取ってあったのだろうか。

とにかく、私は羨《うらや》ましくてならない。

宮尾先生を前にして「書く」などというのは、あまりにもおこがましいが、私にもちょこちょこ書かなければならないときがある。

だが、書く場所がない。屋根裏に書斎のようなものを持ってはいるが、窓もエアコンもなく、夏の暑さが堪えがたい。一年の半分近くは、パソコンを抱えての、難民生活を余儀なくされていることについては前述した通りである。

理想の書斎の持ち主に訊《たず》ねてみた。

「『平家』を書き上げられたら、このお宅はどうなさるんですか」

「さあ、あとさき考えないから、私は。廃墟《はいきょ》になっちゃうかもしれない」

私は思わず叫んでしまった。

「その節は、私に格安でお譲りください！」

でも、冷静に考えると、あそこは『平家』に挑む人だけにふさわしい家だったような気がする。

夏が過ぎ、何ヵ月ぶりかでホコリっぽい屋根裏部屋に帰ってみると、やっぱり私にふさわしいのはこの程度の空間なのではないかと、妙に納得してしまうのが悲しい。

贅沢《ぜいたく》の階段

近くの公園の池の端に、マンションが建った。犬の散歩のときに必ず通る道筋なので、通るたびに、工事現場の囲いに掲げられていた間取りの例を、興味深く見ていた。

(仕事部屋として使うのはどうかしら)

(歩いてすぐだし、通うには最高だわ……)

しかし、すぐに(また何をバカなこと考えてるの)と、もう一人の私が口をはさんだ。

(事務所兼仕事部屋にするって、数年前に都心に一部屋持ったばかりじゃない)

囲いが取り払われ、マンションの外観が現れるころには、迷いからキッパリ目が覚めていた。ここは以前は、緑がこんもりとしていて、素敵なお屋敷だった。それがこんなに味気ないマンションになってしまったのだ。そこの住人になりたいだなんて、言語道断。

ところが、その言語道断マンション、大変な人気だったようで、即座に売り切れになってしまった。知り合いに、幸運にも「買えた」という人がいたので、さっそく新居を拝見に伺う。

部屋は一階。窓からは、池が見えなかった。

「オレさァ、二十年近くも池の見える部屋に住んでたから、もういいって思っちゃったの」

そのかわり庭を求めた。バーベキューぐらいはできそうな、小さなテラスがついている。

羨ましかったのは、テラコッタのタイルが敷き詰められた、そのテラスである。テラスが見える大きな窓である。窓辺に置かれたゆったりとしたソファである。ソファの正面の壁には、特大のプラズマ式テレビがデンと据えられていた。

「ここで、寝っ転がりながら、ワールド・カップを観《み》ようと思ってさ」

一人暮らしということもあろうが、すべてが広々としていた。天井も高い。バスタブもたっぷり。おまけに、お風呂《ふろ》まで床暖房つきという。バブルを経、心の豊かさが問われる時代を経て、人々は賢くなった。私が都心に求めた「ボロ狭」マンションの値段で、賢い人たちはいま、「ピカピカゆったり」を買うのだ。

なんだかもったいないことをした気がしてならない。

(あーあ、あのボロ・マンションを売ってりゃ、買えたのに)


だが、またもやもう一人の私が、思い出させてくれた。

(都心に足場を持ちたいからって、あそこを選んだんじゃないの)

そう、そうでした。むかし言われたことがある。私は双子座。「通信」「伝達」の星の下に生まれている。だから狭くとも、足の便のいいところ、情報の基地となるところに住みなさい。占いなど信じていないけれど、出不精、連絡嫌いの私が、世の中とつながっていたければ、やっぱり、人の往来のど真ん中に居を構えているほうがいい。

先日、街なかを仕事先へと歩いていたら、大規模再開発地帯の前を通り過ぎた。ここそ、真ん中のど真ん中。ホテルあり美術館ありシネコンありで、できあがれば文化の発信地となること間違いない。

仕事先の社長さんに、「あそこには、住宅もできるのかしら?」と伺うと、「そりゃ、できるんじゃないですか。興味ありますよねぇ」と、頷《うなず》かれ、いつの間にか、みんなでモデル・ルーム見学という段取りになった。

モデル・ルームに入るなり、息を呑《の》んだ。パッと視界の開けた広い玄関。かたわらには、靴箱ではなく、靴の小部屋がある。その小部屋が、情けないことに、「ボロ狭」マンションの「私の書斎」と目している部分より広い。あとは推して知るべしである。何よりも陶然としてしまったのは、一つ一つの高級感だった。きっと、床板が違うのだ。漆喰も違うのだ。窓ガラスの質も違うに決まっている。

二階に、もう一つ、こちらはデザイナー仕様のモデル・ルームがあった。一階の部屋より、さらに広々としている。そして、個性的。お金もきっとずっとかかっている。はじめのうちは落ち着かない気分にさせられた。「おいおい、こんな部屋じゃくつろげないよ」。だが、しばらくいるうちに、なんだか楽しくなってきた。部屋全体から心地のいい刺激が発せられている。

二階から一階の部屋に戻ってみると、先程あれほど感心した、高級感あふれるインテリアが、色褪《あ》せて見えた。ありふれているのである。つまらないのだ。

贅沢の階段とは、そういうものかもしれない。上りは非常に緩やかだが、下るとなると、恐ろしく急に感じられる。たとえばそこそこ「おいしい」ワインで、十分幸せでいるとする。それよりも少し上等なワインを飲んでも、そんなに劇的な喜びが感じられるわけではない。だが、ひとたび上等なワインを味わった舌の上に、もとの「おいしい」はずのワインを載せてみると、途端に幸せではなくなってしまう。

「気に入ったわ！」と、大見得を切って、デザイナー仕様の部屋の価格を訊《き》いてみた。「七億ウン千万円」という。絶対買えないとは分かっていたが、やっぱりのけぞった。

こんなに大きくないほうが使いやすい、と必死で自分に言い聞かす。ちょっと広めのリビングと、書斎と兼用の寝室があればいいのだ。そんな小さな空間に、あの個性的なデザインは、暑苦しいだけである。ありふれているけど、初めに見た部屋のデザインのほうが、スッキリしていていいかもしれない。そちらはおいくら？「三億ウン千万円」と聞いて、またまたガックリしてしまった。

そうか、見るだけ無駄だったのか。私が陶然とするような家には、結局、ひっくり返っても住めないってことなのね……。

そう思って、シオシオと茅屋《ぼうおく》に戻った。

だが、まったくの無駄というわけでもなかったらしい。散歩のたびに「あーあ、もったいないことをしたな」と溜《た》め息《いき》をついていた、池の端の新築マンションが、その夜は、ちっとも羨ましく感じられなかったから。

望ましい隣人

大決心をして遠大なローンを組み、「まあまあ」気に入った住み処を手に入れた友人がいる。

だが、気に入っていたマンションの、気に入っていた部分が、いつの間にか気に入らなくなっていた。

まずは、「富士山が見える」と喜んでいた小窓の前に、大きなマンションが建って、富士山が見えなくなった。大窓から楽しめた借景の緑も、代替わりでお屋敷が分割され、伐《き》り倒されてしまった。目の前は裏通りだから静かでいいと思っていたのに、実はタクシーの抜け道になっていて、結構うるさい。

決定的に憂鬱《ゆううつ》になったのは、管理組合の理事となってからだった。

そんなに大きなマンションではない。何年かに一ぺんは、理事に任命される。

「ええい、面倒くさそうなことは、早めにやっちゃえ！」と、きっぷのいい彼女のこと、理事長の補佐役まで買って出た。

マンションの大改修工事が行われた年である。いい機会だからと、リフォームをする家も多かった。あちこちから苦情が出た。大型犬を飼いはじめた家がいくつかあって、ペット問題も持ち上がった。

理事長という人が、ぬらりくらりとしたつかみどころのない人で、留守のことも多く、住民のいらだちは、補佐役に集まった。

「それで、アナタはどう思われるわけ？」

詰め寄られるのでしかたなく、

「どうって、そりゃあ大変ですねぇ……」

と、同調すると、いつの間にか「そちら側」の意見を代表する者になっている。当然「あちら側」からは、目の敵にされる。

狭いマンションの廊下や駐車場で、すれ違うたびにプイと顔を背けられるようになった。

彼女はつくづくウンザリする。

「あーあ、どこか、管理組合なんてないところに引っ越したい！」

「ね、よさそうな部屋があったんだけど、一緒に見に行かない？」

先日、その友人から誘われた。

「賃貸だから、管理組合は関係ないんだって」

そこは、いま流行《はや》りの都心の高層マンションの一室だった。上の階を選べば見晴らしを手に入れられるだろうに、彼女が気に入ったのは一番下の一階。何より欲しかったのは緑だという。確かにその部屋は、緑に包まれている。

「東京タワーも、チラリとですが見えますよ」

と、不動産屋さんに指差されたほうを見上げると、木のてっぺんから、タワーの先がチョコリンと顔を出していた。

「二階からだと、もっとよく見えますよ。行ってみますか？」

二階に人が入ってしまえば、もう見られなくなる。早速、真上の部屋に赴く。間取りは一階とほとんど同じだった。一階のほうがほんの少しだけ広く、その分だけベランダが出っ張っている。下を覗《のぞ》くと、その出っ張りが見える。

私は夢想しはじめた。ここに、滑車を取りつけ、ロープの端に籠《かご》を結んで、上と下を行き来させるのはどうだろう。おいしいものを作ったときには、「いかが？」と籠に載せ、スルスルと下におろす。「腹ぺこなの。なんか恵んで！」とだけ書いた紙切れを送ることもあるだろう。

考えれば考えるほど楽しくなる。

お誕生日には、籠をきれいに花で飾って、ワインとともにプレゼントを入れておいてあげよう。到来物があれば、「おすそわけ」と書いたカードと一緒に、下におろそう。

「いいな、いいな、私もここに住もうかな」

私は思わず叫んでいた。

だが、次の瞬間、別の友人B子の、陰鬱な表情を思い出していた。

B子は素敵なマンションに住んでいた。都心にありながら、静かで、あたりはしたたるような緑である。建物は古かったが、見事なセンスで徹底的にリフォームされていた。

ところが、ある日、「耐えられない」「引っ越したい」と、彼女が言いはじめた。

問題は隣人にあるという。

もとは仕事で意気投合した二人だった。ともに家を探してもいた。「隣は気の合う人がいいわ」と、どちらからともなく誘い合って、一フロアを二世帯が分かち合う小さな集合住宅の、同じフロアに住むことを決めた。

はじめのうちはうまくいっていた。

「お醬油《しょうゆ》、切れちゃった」「なんか面白いビデオ、ない？」と、互いが互いのドアを遠慮なくノックし、「やっぱり、頼りになるわねぇ」と言い合っていた。

おかしくなりはじめたのは、隣にボーイフレンドができてからである。なんとなく、こちらから訪ねづらくなった。あちらはあちらで、ボーイフレンドと一緒のときは、コトリとも音沙汰《おとさた》がないくせに、彼がいないと、寂しいのかこちらに入り浸りになる。

その彼と別れた後は、なお悪かった。隣の興味が、全部こちらに向くようになったのである。来客があると、すぐに電話が掛かってくる。「誰が来てるの？」「私も行っていい？」たまに一人でいたいときも、チャイムが鳴る。

「一人なの？」「ちょっといい？」

「もう来ないで！」と叫びたいのはヤマヤマだったが、お隣さんなのである。つきあいは続く。それに仕事上のつきあいもある。

結局、B子は、「もっと広くて素敵なとこ見つけたから」と偽って引っ越した。その実、新居をまったく気に入っていない。

「あっちのほうがずっと住みやすかった！」と、ことあるごとに嘆いている。

「いいな、いいな」という気持ちを、私はグッと押しとどめた。

近くにいれば、いるだけで気になることもあるだろう。たとえば、スルスルとおりてくる籠が気になる。階上の物音が気になる。ベランダの上から監視されているようで気になる。そのうち、私の存在そのものが鬱陶しくなるかもしれない。そうなってはたまらない。

だが、滑車つきの籠、面白そうだったのになぁと、やっぱり、ちょっぴり残念でもある。

キウイ・ハズバンド

「いやぁー、いいとこなんですよぉ！」

ニュージーランドにロケハンに行った番組構成作家が、大興奮といった面持ちで帰ってきた。

ニュージーランドのニュージーランド的「豊かさ」をテレビで紹介しようという企画である。それには、まず、平均的な家庭の暮らしを知ること。できたら、そういうお宅に「ホームステイ」してみたいと、私はロケハンの前にお願いしていた。

「とにかく、いいとこなんですよ。物価は安いし、人は親切、それに住宅事情は最高。オレ、真剣に移住しようと思っちゃいましたもん。ダンさんもそう思いますよ、ゼッタイ！」

構成作家は、いっぺんでニュージーランドのとりことなった様子。だが、私がホームステイするお宅は、どうなったのだろう。

「ハイ、もう、ピッタリのお宅を見つけてきました。三人の男の子を育て上げて、今は夫婦二人で悠々自適っていうお宅なんですけどね。家がすごい。何しろお父さんが、リタイア後に自分の手で建てちゃったっていうんですね。いやぁー、すごいんですよぉ！」

実をいうと、私はこの「すごい」には、半信半疑だった。日本のオトコの大半は、釘《くぎ》も満足に打てない。「自分の手で建てた」という事実の前に、無条件にひれ伏している可能性が大である。

しかし、そのお宅を初めて目にしたとき、私も「すごい！」と、歓声をあげていた。いやぁー、すごい。これが素人《しろうと》の建てた家だろうか。

煉瓦《れんが》でおおわれた美しい外壁、大きくとられた窓。リモコンで開閉するガレージには、キャンピングカーも含めて、三台の車が入る。

私の部屋だという客用寝室は、廊下の突き当たり。ダブルベッドに専用のバス、トイレ、シャワールームまでついていて、どこもかしこもピッカピカ。

ご主人のイアンさんがちょっと早めのリタイアをされたのは、二年ほど前。退職後は、どこか静かで環境のいいところに住みたいと、あちこち探してみたのだが、なかなか思うようなところが見つからない。「だったら、自分で建てちゃったら」という、息子さんの一押しがあって、本当に「建てちゃった」のだそうだ。十二週間の仕事は、土地も含めて、たった二千万円足らずでまかなえたという。

「大工さんが一人、協力してくれたからね」

屋根は専門家にまかせた。窓を取りつけるような大仕事のときは、元同僚が集まってくれた。週末には息子たちが手伝いに来てくれた。まったく独りではこうはいかなかったと、ご謙遜《けんそん》である。

家の隅々まで、検分させていただく。

玄関を入って真っ正面がキッチンである。大きなはめ込みの窓から、さんさんと光が降り注いでいる。炊事をしながら、花と緑が存分に楽しめるわけだ。窓の向こうには、たわわに実をつけたネクタリンの木。その実を目当てにやってくる小鳥たち。ネクタリンは小ぶりながら、ねっとりと甘い。そして、美しい。

キッチンの隣が、ゆったりとしたリビング・ダイニング。その奥が夫婦の寝室。どこもかしこも整然としていて、目につくところに、美しくないもの、余計なものはいっさい置いていない。

何より素晴らしいのが、大きな窓いっぱいの緑。そして色とりどりの花。

庭ももちろん、「手作り」である。

広い。五百坪は軽く超えているだろうか。一角に十本ほどの八重桜があって、木々の間には、小道がしつらえてある。花の時期にはピンクのトンネルになるという。もとからあったこういう木の様子が気に入って、ここに家を建てようと決めたらしい。

こぼれるように咲くバラ、アガパンサス、ダリア、アネモネ、サルビア……。まだ二年足らずの丹精ながら、どこもかしこも楽しい。花の手入れは奥さんのケイの領分。芝生はご主人の責任。これが典型的なキウイ（ニュージーランド人）のスタイルだという。

「一億円！」と、私は値をつけた。

日本のどこを探したって、一億円以下でこういう夢のような家は手に入らない。

たった一つ、気になる点があるとしたら、玄関を入ってすぐがキッチンだということ。

キッチンは極端に汚れやすい。散らかりやすくもある。しばらくの間はキレイにしていられるかもしれないが、私のことである。すぐにドロドロにしてしまうだろう。

そしたら、二度と友達は呼べない。

まあ、料理を作らなきゃいいんだわね。

ひょっとしてこの家も、台所は実はお飾りで、あんまり料理はしないのかもしれない。

ところが、この家の主婦は、花づくりばかりでなく、料理も上手なのであった。それも、ラム・ローストとかチキン・パイとか、決して台所を汚さないものではない。

やがて、「キレイ」の謎《なぞ》が解けた。

後片づけはオトコの仕事だったのである。自分の手で苦労して作り上げた家なのだ。愛情をもって、手入れをしないわけがない。皿だけは食器洗い機が洗うが、鍋《なべ》も、流しも、オーブンも、床も、イアンが磨く。一時間以上かけてゴシゴシと磨き上げ、終わったときには、前よりもさらにピカピカになっているという寸法である。

ケイが自慢げに言った。

「キウイ・ハズバンドは、世界最高の夫だと言われているのよ。フミもキウイと結婚なさいな」

まったく異存はないが、キウイの殿方は、こんなワタクシのようなものでもよろしいのでしょうか。謙虚な私は、ついぞ明かしたことのない年齢を明かし、このトシまで花一つ咲かせたことがない（文字通りの意味です）ことを打ち明けた。そして、思い切って、料理が全然できないことも告白した。

ケイがたちまち深刻な顔をして、首を振りながら言った。

「フミ、アナタは……、ホープレスだわ！」

というわけで、「希望のない」私は、ニュージーランドに移住する夢を紡《つむ》げないまま、日本に帰ってこなければならなかった。

イヌ小屋？　ウサギ小屋？

下の兄の一家が越してきて、我が家が二世帯住宅となったことは、前にも書いた。引っ越してくるなり、兄が「犬を飼う」と言い出した。せっかく庭つきの家に移ったのだから、ということらしい。

犬好きだったとは、初耳である。生まれてから兄が結婚するまで、二十年以上、一緒に暮らしていたわけだが、犬が好きだなんて話、ついぞ聞いたことがない。我が家には絶え間なく犬がいた。しかし、兄が結婚して家を出るとき、犬と抱き合って別れを惜しんだなんて記憶もまったくない。

だが、私も犬は嫌いではない。

やがて、犬小屋を置く場所が決められ、兄が通販で取り寄せた小屋を組み立て始めると、何かお役に立ちたくなってきた。そこで、大型のシャベルを持って、地ならしをすることにした。犬小屋が傾いたりしないように、地面を平らにするつもりである。

一本の雑草も、一コの石ころも許さぬ決意で、丁寧に丁寧にならしていく。ある程度平らになったら、如雨露《じょうろ》で水を撒《ま》く。その上をシャベルで叩《たた》き、ピョンピョン跳んで、踏み固める。さらに残った土を均等に盛り、再び水を撒く。叩く。跳ぶ。

思わぬ大事業だった。たっぷり半日はかかったろうか。私は汗みどろである。

しかし、その甲斐《かい》あって、犬小屋はたいそう美しくおさまった。四隅にブロックを置き、その上に載せたのだが、ぐらつきもせず、傾いてもおらず、まずは完璧《かんぺき》といっていい。

やって来た犬は、子犬ではなかった。まだ若くはあるが、一コの家を持つ資格があるくらいには、十分オトナである。あてがいの家が気に入ったのか気に入らなかったのか、小屋を出たり入ったりしている。

真夜中になって、兄が我が家に来て、ちょっと自慢気に言った。

「あの犬、結構名犬だぜ。クンクン甘え鳴きするから、飼い方の本に書いてあった通り、水鉄砲で撃ったら、それっきりピタッと鳴きやんだよ」

犬は、どうやらそこを自分の家と定めたようである。多少、気に入らないところもあるが、それはそれで、自分なりに手を加える楽しみとしようとでも思っていたのだろう。

翌朝、犬がどこを気に入っていなかったか、ハッキリと知った。私が半日かけてならした地面は、見るも無惨《むざん》に、ほじくり返されていたのである。

犬の種類はセッターである。名前はバジル。

このごろは、家の中で犬を飼うのが流行《はや》りらしいが、兄は頑としてバジルを家に上げようとしない。セッターは家には似合わない。『日の名残り』というイギリスの映画でも、「猟のときに馬と一緒に野を駆けているのはセッター、でも館の中でご主人の隣に控えているのはラブラドール」と、キチンと住み分けしていたと主張する。

バジルを譲り受けて間もなく、ラムという名のコーギーが兄の一家に加わった。「バジルの遊び相手がいなくて、かわいそう」と、兄が思ったからである。ラムだけ家の中で飼うのは不公平、バジルがかわいそうとは、ぜんぜん思わなかったらしい。

バジルは遊び相手ができても、大して嬉《うれ》しそうではなかった。二匹でひとしきりじゃれあったあと（私の目には、ラムが、バジルの迷惑顔もかえりみず、ひとりでじゃれかかっているようにしか映らないのだが）、ラムが家の中に連れて行かれ、鼻先でバタンと扉が閉められると、「あれ？」というような顔をして、バジルが扉の前で立ちつくしていることがある。

私はときどき、そんなバジルを慰めようと、山の家に連れて行ってやることにしている。セッターは家の中には似合わないかもしれないが、自然の中に置くと、実によく似合う。

兄は、山の家にも上等の犬小屋をしつらえている。しかし、いつもと勝手が違うからか、滅多に吠《ほ》えない犬が、ときどき真夜中に長鳴きする。休暇でお隣が見えているときなど、その鳴き声に、身も縮む思いがする。せっかくのお休みなのに、申し訳ない。

そこで、お隣がいらっしゃる間だけは、バジルを家に軟禁することにした。

もちろん、大切に磨き上げている山の家なのである。すべてを許すわけではない。イヌ用の布団《ふとん》を敷き、周りを椅子《いす》で囲い、その布団の上だけが、バジルの領域となる。

だが、徹底させるのは難しかった。電話が鳴るたび、テレビに見入るたび、バジルはじりじりと領土を拡大している。

もちろん、叱《しか》る。「バジルーッ！」と、大声で怒鳴り、首根っこを押さえる。バジルは女優そこのけの演技派であるから、「ギャーッ！」と、断末魔の叫び声をあげる。

お隣をはばかってバジルを家に上げたのに、こんな阿鼻叫喚《あびきようかん》が繰り返されれば、お隣はもっと不快に思うことだろう。結局、私が根負けした。家中をバジルに開放したのである。

なに、お隣が帰るまでのことだ。

ところが、大変なことを見落としていた。

イヌは既得権を手放さない。バジルは、家に入ることを自分の当然の「権利」とみなし、小屋につながれると、まるで置き去りにされた幼児のような悲鳴をあげるようになった。それが、一晩中でも続くのだ。

とうとう、バジルは「内イヌ」となった。どうやら家全体を、自分の小屋と思い定めたらしい。いちばん寝心地のいい場所を求めてやまないから、いつも母と場所の奪い合いになる。

ただし、山の家に限る。バジルは東京に帰ると、ラムのいる家などには目もくれず、まっすぐ自分の小屋へと入っていく。

その小屋は、いまや二階建となっている。バジルの手（足？）によって深く掘り下げられて、地下室ができているのだ。

バジルは、冬は小屋の中でフカフカの布団を抱いて眠り、夏は日がな一日地下室で涼んでいる。家族四人プラス犬一匹が「ウサギ小屋」に暮らす、兄一家よりも、ずっといい住環境にいることを、実は知っているのではないかと、私はひそかに疑っている。

靴のまま、どうぞ

「靴が大好き」という友人がいる。

「一日中、靴を履いていたいの」

「寝るときにだって、脱ぎたくないの」

ウソかマコトか、そんなことまで言う。

いったいぜんたい、どちらのお生まれお育ちなのよと訊《き》けば、ルートウィヒの造ったノイシュヴァンシュタイン城だと、すました顔で答える。もちろん、そんなこと、あるわけない。福島の山里の出身であることは、とうに割れている。

そういう友達を喜ばせるのは、ひどく難しいと思うことがときどきある。

たとえば、ちょっと洒落《しゃれ》た小料理屋にお連れする。ノイシュヴァンシュタイン城のお育ちでも、ドイツ料理より和食のほうがお好みとうかがってのことである。しかし、店に一歩入るなり、姫は顔を曇らせる。

「えーッ、ここって、靴を脱がなきゃいけないのぉ？」

姫は、数年前、家を買って、とうとう念願だった靴の生活を始めた。

狭いながらも三階建てで、たくさんある階段には、ピッカピカの靴が、店のディスプレイのように整然と並んでいる。訪れるたびにコレクションは、増えている。

あるとき、我が家に泊まっていたイギリス人が、その靴御殿に招かれて、興奮した面持ちで帰ってきた。

「フミ、日本にも、イギリス人みたいな暮らしをしている人がいるのね」

この言葉は明らかに、モノに首まで埋もれてあえぎあえぎ暮らしているくせに、靴には無頓着《むとんちゃく》な、私へのイヤミといえよう。

「違うの。あの家は、素晴らしいことに、靴を脱がなくてもいいのよ！」

その言葉は意外だった。

家の中では靴を脱ぐ日本人の暮らしは、外国人にも好意的に受け取られているものだとばかり思っていた。

だって、靴を脱ぐと、落ち着くじゃない。靴を脱ぐと、ホッとするじゃない。大体、靴を脱いだほうが清潔じゃない。

だが、よく考えると、ノイシュヴァンシュタイン城の生まれではない私だって、靴を脱ぐのがなんとなく億劫《おっくう》に感じられることが、しばしばあるのだ。

先年、父の友人だった画家のお宅を訪ねた。

九十歳近い老夫婦が二人きりで住む、小さな、品のいい家だった。玄関も小さければ、なかの三和土《たたき》も、驚くほど小さい。

私は靴を脱ぎたくなかった。面倒くさいというのではなく、お宅に上がりこんで、老夫婦を煩《わずら》わせたくなかったのだ。

しかし、そこは鎌倉。宅配便ではあるまいし、東京の片隅からはるばるやって来て、届けものだけお渡しして、「ハイさようなら」ではあんまりである。第一、画伯にお目に掛かるのは久し振りだし、今度いつお会いできるかもわからない。

立ち話ではなんだし、上がるのもなんだし……と、とつおいつしながらご挨拶《あいさつ》していたら、「どうぞ、どうぞ」と、有無を言わさず、私の左手にある扉のなかに招じられた。

前ばかり見ていた私は、自分の横に扉があったことに気づいていなかった。

扉の向こうは、三畳ほどの土間。その土間に続いて、上がりがまちがあって、やはり三畳ほどの和室になっていた。

老夫婦は畳の上に座り、私は土間の腰かけに座る。

なんと心地のいい空間だったろう。

靴を脱がないことで、私は一線を越えてはおらず、「ごたいそう」な客人とはなっていないという、安堵《あんど》がある。老夫婦も普段着のまま、ゆったり、のんびりと応対している風である。

土間の一方には小さな窓が開いていて、そこからしたたるような鎌倉の緑が見える。もう一方の砂壁には、お孫さんを描いた小ぶりの絵が、隅の柱には掛け花入れが、さりげなく配されている。贅《ぜい》を凝らしたというのでは決してないが、そこここに画伯の趣味のよさがうかがわれて、小さくても、なんて豊かな空間があるのだろう、さすがに画家の家だと、大いに感銘を受けて帰ってきた。

画家といえば、あれは東山魁夷《かいい》さんのお宅ではなかったろうか。昔のことで、記憶があいまいなのだが、テレビの仕事でお訪ねしたことがあった。

古い、しっとりした和風のお宅だった。玄関の脇《わき》に、やはり六畳ほどの土間があった。土間といっても、下はむき出しの地面というわけではなく、玄関と同じように、石が張ってあって、大きなテーブルと椅子がしつらえてある、上品な応接室だった。

テレビのスタッフというのは、たいていドロドロの靴を履いているものである。立派なお宅に伺うと、玄関がドタ靴でいっぱいになってしまい、毎度、恥ずかしいような申し訳ないような気持ちになる。

しかし、そのお宅では、土間に機械を据えることができたので、靴を脱いで上がったのは、カメラマン、照明、ディレクターなど、ごく少人数だった。メイクも、打ち合わせも、荷物やコートを置くのも、みんな土間でよかった。

いいなあ、便利だなあと、そのときもいたく感心した。なぜ、こういう靴で入れる部屋を造ったのだろう。外国のお客さんが多いからかしら。お目通りを求めて並ぶ、ファンが多いせいかしら……。

「お上がりください」というほどのことでもないが、立ち話ではすまない用事をかかえたお客さんは、結構多い。

銀行員、保険の外交員、呉服屋さん、車の営業マン……。そのたびに、上がりがまちに座布団を出す。「ここと、ここと、ここにサインをしてください」と、書類を渡されることがある。背中をまるめながら、廊下を机代わりにして、サインする。なんだか具合が悪いなと、いつも思う。

たまに、ひょっこり顔を見せてくれる友達もいる。「上がってってよ」とすすめても、「ちょっと、近くを通りかかっただけだから」と、さかんに遠慮する。靴を脱いで、落ち着いてしまうことが怖いのだろう。

もう一度、家を建てることがあるなら……、とこのごろよく考える。もう一度、家を建てることがあるなら、まず、土間を作りたい。

鎌倉の画伯風土間か、東山魁夷風土間かは、ただいま検討中である。検討する時間だけはたっぷりあるようで悲しい。

スープのぬれない距離

下の兄の一家が我が家に越してきてから、もう随分とたった。

建て増しによって台無しになってしまった家の形にはなかなか慣れないけれど、廊下の向こうからかすかに聞こえてくる叱《しか》り声、怒鳴り声、笑い声には慣れっこになった。それどころか、兄たちが家族旅行でしばらく留守をすると、なんだか寂しくさえある。

兄たちが来る前から、我が家の廊下の向こうには、バス、トイレ、キッチンつきの可愛《かわい》らしい空間があった。小さいながら、ちゃんと専用の玄関もついていた。私が適齢期（?）の頃に建てた家である。二歳違いの妹もいる。そのうち、どちらかは嫁にいくだろう。新婚が住めるような部屋をつくっておけば、まあ、無駄になるということはあるまい。

確かに無駄にはならなかった。娘たちの前から適齢期がどんどん遠ざかって十数年、兄たちが越して来ると決まって、やっと無駄と贅沢が嫌いな母も愁眉《しゅうび》を開いた。

だが、一つだけ気になるところがあった。

廊下のどん詰まりにあるドアである。私たちの住まいから、直接そこに出入りできるようになっているのだ。

「ここ、塞《ふさ》いじゃいましょうね」

と、世界一優しい小姑《こじゅうと》の私は兄嫁に言った。

だって、「鬼千匹」が二人（行かずの私と妹）に、「場所ふさがり」な姑《しゅうとめ》までいるのである。そんな家に越してくるのは、どんなにか恐ろしいことだろう。少しでも心を軽くしてあげなくっちゃ。

しかし、兄嫁は不思議そうな顔をする。

「なんで？　せっかくあるのに、もったいないじゃない？」

兄嫁の実家も二世帯住宅である。両親と妹夫婦が住んでいるのだが、家を建て替えたとき、プライバシーに配慮して、双方の住居がつながる部分をつくらなかった。行き来したければ、いったん靴を履いて外へ出、チャイムを鳴らさなければならない。

「いちいち出たり入ったりするのが面倒くさいって、両家とも不満たらたらよ」

兄嫁は言うが、あちらは実の母と娘なのである。鬼千匹以上と暮らすのとはわけが違う。

「だったら、そちらから鍵《かぎ》をかける？」

あくまでも思いやり深い私の提案を、兄嫁は再び一笑に付した。

「いいわよ、そんなことしなくても！」

というわけで、用があるときはノックをするという暗黙の了解だけで、同じ屋根の下に二家族は暮らし始めた。

知らないぞぉと、私は思っていた。あとで泣いても、知らないからね。

家を新築する親の誘いで、二世帯同居を決めた友人がいた。親夫婦は一階に、息子夫婦は二階に住む。私が新居拝見に伺うと、玄関で出迎えてくれたのは、お母様だった。

「玄関は一緒なの」と、お母様は言った。

「立派な玄関がひとつ、でーんとあるほうがいいでしょう？」

「外階段もつけなかったの。なんだか物騒だし、みっともないじゃない」

お母様は、超社交的なかたである。息子の友達は、すべて自分の友達と思っているらしい。「ピンポン」とチャイムが鳴って、出迎えるのは、誰よりもまず自分でありたい。実は、そんな意図がおありなのではないかと、私はおかしくてならなかった。

しかし、それから一年もたたないある日、突然、若夫婦が引っ越したという知らせをもらった。よくある嫁姑の感情のもつれがあったわけではないという。

「なんだかね、すごく疲れちゃったの」と、妻は言った。

たまには友達と喋《しゃべ》ってストレスを発散させたいが、誰かを呼ぶたびに義母が「おや、また？」という顔をしているような「気がする」。

「あら、お出掛け？　行ってらっしゃい」という明るい声も、ずんずんと重荷になった。姑のほうこそ出好きで、しょっちゅう出歩いている。「ちょっと留守にしますね」と言われると、その間はじっと家を守っていなければならないようで、気ぶっせいである。

「やっぱりアパートは気楽でいいわぁ」

家の程度は格段に落ちても、自分たちだけの玄関を持っているという解放感、充実感にはかえられないらしい。

我が家にはそれぞれの玄関がある。

あちらにお客様が見えているのかいないのか、こちらには全然わからない。前もって言われていないと、学校の先生の家庭訪問の真っ最中に、頭にカーラーなんぞを巻いたままノックしてしまったりする。兄の一家がいるのかいないのかすら、ドアをノックしてみなければわからないことがある。ノックをすると、コーギー犬のラムが「ワンワン！」と騒ぎだす。ノックの音は小さくても、ラムの鳴き声で、誰かがいれば必ず気づくしかけになっている。

この、「ドア一枚向こう」が、実に便利であったと、この頃つくづく兄嫁の勇断に感謝している。

たとえば先日、苺《いちご》ミルクを作ろうと、苺を洗って砂糖をかけたところで、牛乳がないことに気づいた。そんなときは、わざわざ買いに出なくてもいい。苺の入った器を持って、「トントン」とノックをすれば、牛乳を恵んでもらえる。至急お弁当を作らなければならないのに、炊飯器のタイマーをセットしそこなったと、兄嫁が弁当箱を持ってうちに駆け込んできたこともある。二つの家に一つあれば十分なので、あまり使わない粉山椒《ざんしょう》や焼き肉用電子グリルなど、もう買う気もしない。

スープの冷めない距離とよくいうが、こちら、雨が降ってもスープの「ぬれない」距離は、ずっと気軽でずっと快適である。

ただ一つ、円満にいくための鉄則があるにはある。絶対に、兄の家より綺麗《きれい》に片付けないこと。どんなに散らかしていても、自分の家のほうがずっとマシという確信があれば、心は大らかになる。不意にノックを受けても、そう不快ではない。（どうぞ、ご覧なさいな）と、微笑《ほほえ》みながらドアを開けられる。（ね、私のほうがずっと「できる」オンナなのよ）

この涙ぐましい小姑の心遣い、兄嫁はきっとわかっていないだろうなぁ……。

隣の芝生

友人が一家でイギリスに赴任することになった。言葉の問題、子供の学校の問題、あれこれ心配はつきないが、住環境は日本にいるより数段よくなる。

「庭付きの家に住むの。たぶんこれが最初で最後だと思うわ。遊びに来てね」

と、妻も夫も子供も、期待に目を輝かせて旅立っていった。

それから数ヵ月。私にもイギリスに行く用事ができた。くだんの一家はどんな暮らしをしているのだろう。

興味津々《しんしん》で訪ねてみると、なるほど、さすがに日本のウサギ小屋とは違う。ゆったりとした居心地のよさそうな居間。揺れるカーテン。その向こうには芝生の緑が広がり、薔薇《ばら》の色が鮮やかに浮き立っている。奥方様も、フリルの付いたサロン・エプロンなどを着込み、気取って上等なカップに紅茶を注いでいるが、それがまたよく似合う。

「まぁ、本当に夢の暮らしだわね」

と思わず言うと、ご主人がちょっと困ったような表情を浮かべた。

「いや、これがなかなか大変なんですよ」

中でもいちばんの問題は芝生の手入れだという。「芝刈りは何日に一度」と、賃貸契約書に明記されている。それも、芝刈り機でザッと刈るだけではいけない。縁のほうは手でチョキチョキと刈り込んで、いつも整然と保っていなければならないらしい。

ご主人は典型的な日本のビジネスマンである。週末も、接待ゴルフやら出張やらで結構忙しい。たまの休みとなれば、一日中ゴロゴロしていたい。そこでちょっとサボると、たちまち苦情がくる。見かねて奥さんが芝刈り機を握ると「オタクのご主人は一体どうしたのだ」と、ご近所から異様な目つきで見られるのだそうだ。

イギリス人の芝生に対する並々ならぬ情熱に、夫婦は少々うんざりしている。

何年か前、旱魃《かんばつ》に見舞われて水不足になったときには、「芝生に水をやらないでください」というお達しまで出た。しかし、日々色を失ってゆく庭を見るに忍びなく、こっそり水をやる家が多発したという。そこで、監視のヘリコプターの出動とあいなった。


「でも、夜陰に紛れてやれば分からないでしょうに」

「いや、芝生の青い家を見つけては、厳重注意におよんだらしいよ」

真偽のほどは知らないが、まぁ、ありそうな話だと思う。ことほどさように、イギリス人は緑を愛するのだ。また、緑があるからこそ「イングリッシュ・ガーデン」は、美しい。

ピーター・ラビットの生みの親、ビアトリクス・ポターの家に行って、つくづくそう思った。なんていうこともない庭なのだが、湖水地方の緑の中で、まさに宝石のようにキラキラと輝いている。一歩入り込んだ瞬間に、私はたちまち恋に落ちてしまった。

ヒル・トップと呼ばれるその農場は、細長い花壇が入口から二、三十メートルほども続いていて、ポターのお気に入りの田舎家へと、来る人を導いていた。柔らかな夏の陽射《ひざ》しのもと、色とりどりの花が揺れて輝く。薔薇、はまなす、スイートピー、ルピナス、ジギタリス……。絶え間ない蜜蜂《みつばち》の羽音、フワリと身体《からだ》を包み込む、花の甘い香り。

いわゆる「庭園」といった、気取った感じはまったくない。農家の人が、レタスや人参《にんじん》の種を蒔《ま》くついでに、花の種を蒔いたというような、さりげなさ。

ヒル・トップ農場は、絵本の印税と親戚《しんせき》の遺産で、ポターが生まれて初めて持った「自分自身」の家だった。この家に対する愛着はひと通りでなく、結婚して近くの大きな屋敷に居を構えてからも、自分だけの空間として大切にしていたし、その死後も「一切の家具調度は、現在あるがままに保存すること」という条件付きで、ナショナル・トラストに贈られている。

絵本を繰りながらヒル・トップを歩くと、ポターがこの場所をいかにいとおしんでいたかがよくわかる。どっしりとした旧式の食器棚、そこに飾られた染付の皿、オーブン、階段の踊り場、赤いカーテン、絨毯《じゅうたん》……。ポターはまず、身近なものを綿密にスケッチして、その上に動物たちを登場させたのだ。

もちろん庭も例外ではない。絵本にあふれる緑、花々……。きっと、「一切の家具調度は……」という遺言の前には、「庭の一木一草は言うにおよばず」という一文が入っていたに違いない。

というわけで、目指すはビアトリクス・ポターの庭である。したたる緑である。咲き乱れる花である。日本に帰り、山の家の前に立って、私は決心した。ここを思い切りピーター・ラビット風にしよう。

まずは庭一面に、芝を敷きつめた。イギリス風庭づくりには、萌《も》えだしたばかりの淡い緑が絶対必要なのだ。薔薇も忘れてはならない。しっかりした苗木を買い込んで、あちこちに配する。花の種を蒔く。入念に木を選ぶ。

出来上がったばかりの庭は、ちょっとしたものだった。小さいなりに薔薇はつぎつぎと蕾《つぼみ》を付けて、真っ青な芝と、絶妙のコントラストをなしている。植えたばかりの木々も、しっかりと根付いているようだ。あとは時がたつのを待つばかりである。

しかし、一年もたたないうちに、挫折感《ざせつかん》に打ちのめされた。ちょっと見ぬ間に、芝生は雑草に席巻され、薔薇の葉っぱは虫喰いだらけとなり、木々は立ち枯れていたのだ。

必死で雑草を抜きまくる。殺虫剤をまく。枯れた木を抜いて、根もとをよく耕し、新たな苗を植える。

だが、二、三週間して行ってみると、すべてはもとの木阿弥《もくあみ》と化している。

何にもわずらわされず、ゆったりと夏を過ごしたいと思って、手に入れた山の家だったが、ピーター・ラビットを目指したばかりに、行くたびに庭の手入れに追われて、落ち着くどころではない。
よその庭はみんな綺麗なのにと、自分の園芸の才のなさが、つくづく恨めしい。

離れ

奇放亭

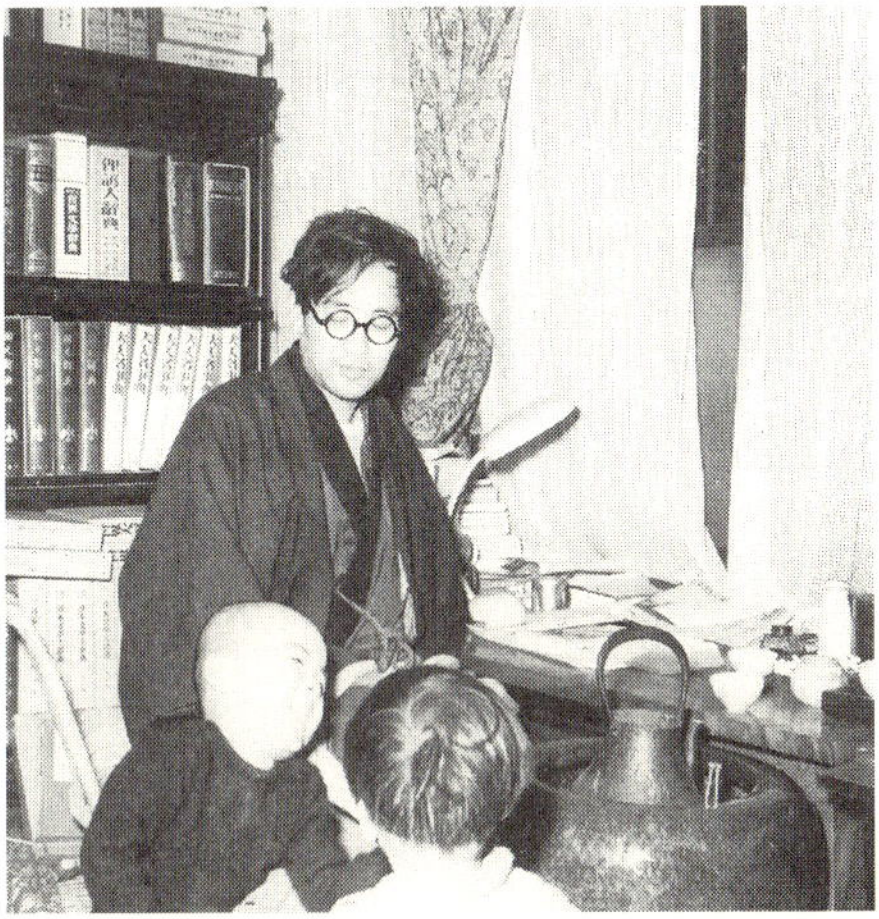

離れでくつろぐ一雄と兄・小弥太、ふみ

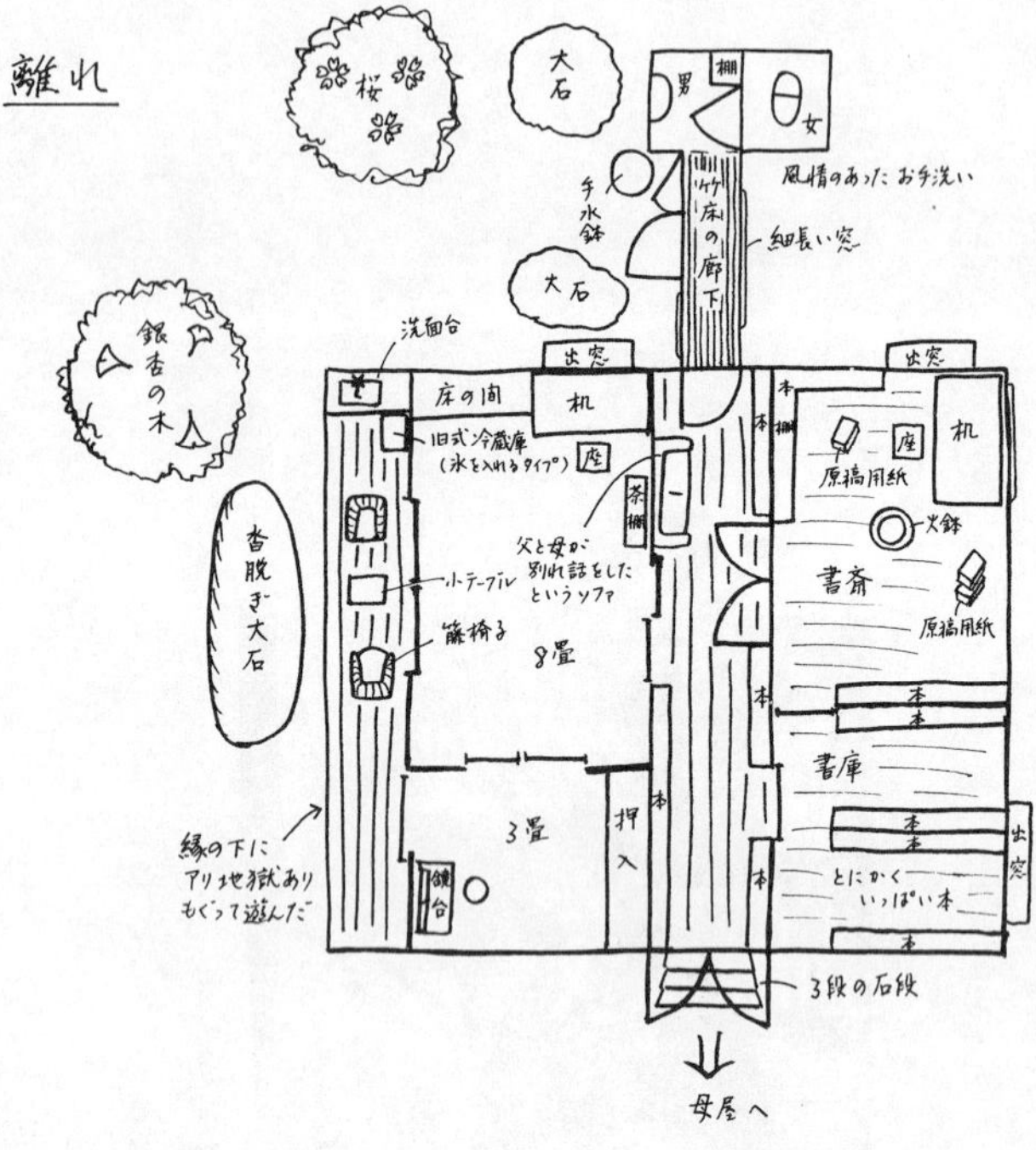
離れ
桜
大石
男
棚
女
風情のあったお手洗い
手水鉢
竹床の廊下
細長い窓
大石
銀杏の木
洗面台
出窓
床の間
机
出窓
本
本棚
旧式冷蔵庫
(氷を入れるタイプ)
座
茶棚
座
机
原稿用紙
火鉢
沓脱ぎ大石
父と母が
別れ話をした
というソファ
小テーブル
籐椅子
8畳
書斎
原稿用紙
本
本
本
書庫
3畳
押入
本
本
本
出窓
縁の下に
アリ地獄あり
もぐって遊んだ
鏡台
本
とにかく
いっぱい本
本
3段の石段
母屋へ

兄の次郎が発病したのは五歳、小学校に上がる前の年だった。

夏風邪だろうと軽く考えていたものが、どんどんひどくなり、高熱に喘《あえ》ぎはじめ、やがて引きつけまで起こした。日本脳炎だった。

翌春、ついこの間まで一緒に遊んでいた友達がみな小学校にあがるころ、やっと退院してきた兄は、言葉も手足の自由も奪われ、寝たきりの力のない赤ん坊にかえっていた。

いっとき坂口安吾さんに提供していた父の書斎に、今度はぶあついマットレスが持ち込まれ、その日から、そこが兄の病室となった。「ジロ兄ちゃんの部屋」。もの心ついたときから、私はその部屋をそう呼んでいた。

母の記憶のなかには、短かった兄の元気な日々の姿が、大切にしまいこまれている。

父が「離れ」を建てたのは、病気の兄のために書斎を追われたからだと、私はなんとなく思い込んでいたのだが、できあがったばかりの廊下で、スケートのまねごとをして、「ここ、ツルツルすべるね」と、笑い声をあげていた兄の様子を、母はくっきりと覚えているというから、離れができたのは、兄が倒れた夏より、少し前のことだったようである。

してみると、離れもまた、大王様の衝動、濫費《らんぴ》の一例なのかもしれない。

「でも、お金を払ったのかしらねぇ。移築費用だけで、家のお金は払ってないんじゃないかしら」

母の記憶は、お金のこととなると途端に薄ぼんやりとしてしまう。

離れは、もともと俳優の中村伸郎《のぶお》さんのお宅だった。それを父が譲り受け、移築したものらしい。

ずっと後年になって、私がひょんなきっかけから女優になり、中村さんとお仕事する機会に恵まれたので、「お宅をいただいたって聞いてますけど、本当ですか」と、伺ってみたことがある。

「あ、あれね。そう……」と、懐《なつ》かしそうに頷《うなず》かれたお顔は覚えているのだが、それ以上の話があったかどうか。ただ事実の確認にとどまり、どんな由来の建物か、実際に中村さんが住まわれたことがあるのか、どうして父の手に渡ることになったのか、そういったことはいっさい聞いていないように思う。

独特の間を持った洒脱《しゃだつ》な演技、達意の文章をものし、俳句も玄人《くろうと》はだし、スピーチの達人と謳《うた》われた中村伸郎さんのこと、じっくり伺えば、おもしろいお話が、モーツァルトの音符のようにこぼれただろうにと思うが、いかんせん私は若かった。名優に対する気後れもあったし、過去のことより、いま現在、未来のことで頭がいっぱいだった。興味があったのは、今まで明け暮れしてきた古い家なんかではなくて、いつか誰か愛する人と暮らすはずの、見知らぬ家だったのだ。

その夢の家も、実現することなくむなしく年を重ねて、次第に古いものへの懐かしさを覚えはじめたときには、もはや中村さんはこの世の人ではなかった。

離れはいまだにある。今は「離れ」ではなくて、「タロ兄ちゃんち」と呼ばれている。

いちばん上の兄、太郎は、私より一回り近く年上である。学校の関係で高校のときから家を離れ、早くに結婚してしまったため、一緒に暮らした記憶はほとんどない。その兄の一家が離れに暮らすようになったのは、いつごろだったろう。

次郎兄の死と前後して「火宅の人」時代に終止符を打ち、石神井の家に帰ってきた父は、ほどなくして、今度は南米大旅行を思いたつ。

その先遣隊として、太郎兄がブラジルに送られた。ブラジルには、「働き、祈り、芸術する」共同体を夢見て仲間と移住した、兄嫁のお姉さん夫婦がいたのである。いろいろな（おもにお金の）事情があって、父の南米行きはなかなか実現せず、父を待つ兄のブラジル滞在は五年におよんだ。父のかわりに、兄嫁がブラジルを訪れ、やがてそこで身ごもった。

義姉は、はじめての子供を産むために、日本に帰ってくる。だが、どこにも住むところがなかった。それまで暮らしていた十畳ばかりの小さな家は、ブラジルに行くときに、友達に貸していたからである。

そこで、離れが提供されたのではないかと思う。

無事、赤ん坊が生まれ、間もなく兄も帰国し、そしてまた次の子供ができ……と、一家の成長にともない、二、三度、小さな増改築がほどこされたのではなかっただろうか。しかし、大人になりかけた男の子二人を一つ部屋に押し込めとおすのには、ちょっと無理があった。やはり徹底的に直さなければと、あるとき、建て替えが計画された。

だが、懇意にしていた大工の棟梁《とうりよう》が、首を横に振った。

「もったいないですよ。こんなに立派な家は、そうそう建てられるもんじゃありません」

それならばと、基礎はそのままいかして、二階を建て増しすることにした。以来、外観はガラリと変わってしまった。

けれども、玄関は昔あったその場所にあり、玄関からまっすぐに広い廊下がはしっているというのも、同じである。元気だった次郎兄が、スケートに興じた廊下である。

離れは不思議な場所だった。いつもヒンヤリと涼しく、生活の匂《にお》いが感じられない。母屋《おもや》から、わずか二十メートルほどのところに立っているのに、そこには違う空気が流れていた。一歩入ると、まるで遠く離れた避暑地にでもいるような、するりとタイム・スリップしてしまったような感じがするのである。

鍵《かぎ》が掛かっていることは滅多になかったので、出入りは自由だった。だが、大抵は雨戸が閉められているから、ひっそりと暗く、子供一人で入ってみたいところではなかった。

父がいるとき、またはお客様が逗留《とうりゅう》されるときだけ、雨戸が開け放たれて、さあっと部屋いっぱいに気持ちのいい風が吹き抜けた。「夏」のイメージが強いのは、八畳の和室いっぱいに、籐《とう》の敷き物が敷きつめられていたからかもしれない。次郎兄のように、廊下でスケートごっこをした記憶はないが、この籐の敷き物の目にそって靴下を滑らせ、体操の選手よろしく、両足を広げられるところまで広げてよく遊んだ。縁側には小さなテーブルの前に、安楽椅子《いす》が二つ、向かいあって置いてあった。籐の縁どりを持ち、腰や背あてには薔薇《ばら》の花の模様の厚い布が張られた、子供の目に美しい椅子だった。

お座敷の隣には、三畳ほどの小部屋がついていて、隅に三面鏡が置かれていた。革のスツールのついた、立派な三面鏡だった。

離れが特別な場所だったのは、その三面鏡があったからかもしれない。ガラスを敷いた化粧台の上に、勉強と称して夏休みの宿題をひろげ、日がな一日鏡を見て楽しんだこともあった。

はじめはこわごわ片面だけ、やがて堂々と両面開いて、角度をいろいろと工夫し、鏡の奥の奥に映る自分の顔を凝視する。横顔を見る。斜めから見る。頤《おとがい》をあげる。下げてみる。白雪姫の継母もかくやと思われるほどの、入念な観察である。

鏡に見入りながら、何かの「つもり」になっていたような覚えがある。何のつもりになっていたのだろう。伝記を読むと、必ずその主人公になりたいと思う少女だった。「ナイチンゲール」を読めば、献身的な看護婦。「エジソン」を読んだときは、偉大な発明家。「ワシントン」なら、アメリカの大統領、「力道山」でプロレスラーになることを夢見たこともあった。

そういう意味では、女優になる資質は十分だったのかもしれない。しかし、女優になった今、三面鏡はおろか、自分専用の鏡の一枚も持っていないのはどうしたことだろう。

あの、離れの三面鏡はどこへ行ってしまったのか。少女の時間とともに、懐かしく思う。


広い廊下の両側には、ズラリと本棚が並んでいた。

玄関から入って、向かって左が和室。右側には二間の洋室が並んでいた。

その奥のほうの部屋、北向きの薄暗い板の間を、父は書斎としていたのではなかっただろうか。仕事中に離れに近づいたことはなかったので、父が本当にそこで原稿を書いていたかどうかは、さだかではない。

近づくのを禁じられたことはなかったと思う。だが、仕事をしているときの父は、ピリピリと全身から鬼気を漂わせていて、怖くてとても近寄れたものではなかった。

父がいないときに、友達を連れて、こっそり離れを探検してみるのが好きだった。

「わあー、すごーい。何冊あるのかしら」

と、友達が廊下の本の数に目をまるくするのを、ちょっと誇らしい気持ちで見ていたりもした。

本棚の横にある真鍮《しんちゅう》のノブを回して、そっとドアを開いてみると、重いカーテンの隙間《すきま》から弱い光がこぼれており、その光の中で埃《ほこり》が踊っている。窓の前には大きくどっしりとした座卓が据えてあって、かたわらに火鉢が、そしてもう一方の側にはハトロン紙にくるまった原稿用紙の束が、うずたかく積まれていた。ひとつだけ封の切ってある束があって、ハトロン紙の中に真新しい原稿用紙がのぞいている。

私は、なぜかこの新しい紙が好きで好きでならなかった。つるつるした表面をなでたり、ピシッと揃《そろ》った鋭い角に指を触れて、パラパラとめくりながら、陶然としていた。

原稿用紙のまん中には、「奇泡亭」と印刷されていた。父の雅（?）号である。いっとき「瓦全亭《がぜんてい》」という号に心を移し、その名の原稿用紙を使っていたこともあったらしいが、結局は、「奇泡亭」に落ち着いた。晩年は「奇放亭」という字のほうを好んでおり、墨で大書して扁額《へんがく》におさめ、母屋の玄関を入った正面に掛けたりしていた。

「キホウテイ」とは何だろうと、ずっと疑問に思っていたが、父の死後、スペインを旅して、ドン・キホーテの像の前に立ち、ハタと膝《ひざ》を打った。これだ。「ドン・キホーテ」ならぬ、「ダン・キホーテー」なのだ。

父が風車と闘いながら追った、見果てぬ夢とはいったい何だったのだろう。

離れを兄一家に明け渡した父は、母屋の改造を行ない、まず「ジロ兄ちゃんの部屋」を、次に「奥の部屋」を自分好みに直し、そして新たに洋間も建て増して、都合三つの書斎をつくったあげく、「東京は身体《からだ》に合わない」と、九州の能古島に引っ越し、そこを「月壺洞」と称した。

だが、「月壺洞」で過ごせたのも一年足らず。最後の仕事となった『火宅の人』は、入院中、点滴のチューブでベッドに磔《はりつけ》のようになりながら、口述筆記で書きあげられた。あそこも、書斎といえば書斎だったのだろうか。

ふと、トルストイの民話、『人にはどれほどの土地がいるか』を思い出す。一日に歩ける限りの土地が自分のものになると聞いて、勤勉な百姓が、夜明けから日没まで、懸命に歩く話である。だが、欲張りすぎて、歩き終わったとたんに力尽きて死んでしまう。とどのつまり、男に必要だったのは、自分の身体がおさまるくらいの、小さな墓穴でしかなかった。

別に欲張りだったと思っているわけではないが、父はなぜ、あれほど多くの書斎を転々としなければならなかったのだろう。結局、自分の書斎と呼べる場所を、持ったことがあったのかどうか。

そういえば、うずたかく積みあげられていた原稿用紙の行方についても気になる。ハトロン紙の包みひとつには、一千枚ぐらい入っているはずだから、離れの書斎には、優に一万枚を超える原稿用紙があったことになる。

それだけの原稿用紙を、父はすべて使って逝《い》ったのだろうか。

今の我が家には、ハトロン紙の包みはおろか、「奇泡亭」と刻まれている原稿用紙一枚も、残ってはいない。

思い出は日ごとに美しい

いつか夢に見る日まで

私は、いま住んでいるこの町で生まれ、この町で育った。

さらに厳密に言うと、いま住んでいるこの家に生まれ、この家で育っている。

もちろん、町は私が生まれたときのままの町ではないし、家も生まれたときのままの家ではない。だが、「三界に家なし」と言われるオンナが、半世紀近くも同じところに住み続けているのは、ちょっと珍しいのではないだろうか。

若いころは、家を出たくて出たくてしょうがなかった。実際、出ようとしたこともある。

だが、いざというときに、父が病気になり、「長くてあと半年」との宣告を受けた。知らせを聞いて、いちばん最初に思ったのは、最後に家族で食卓を囲んだのはいつだったろう……ということだった。

父は「東京は身体《からだ》に合わない」と言って、その一年ほど前から九州に移り住んでいた。

食卓での団欒《だんらん》をいちばん大切にしていたのは、父である。だが、その父が、まずはじめに食卓からいなくなった。そして、今度は永遠にいなくなろうとしている。

人は来、そして去る。無理矢理、家から離れようとしなくても、いずれ、何らかの形で離れなければならないときが、必ず来る。

それは結婚かもしれないし、仕事かもしれない。もちろん、もっとつらい別れもある。

考えてみれば、生まれた家で暮らせるのは、そう長い年月ではない。物心がついてから数えるなら、わずか数年かもしれない。一人暮らしなんて、いつでもできる。大切なのは、いまここで、親から与えられたものをいとおしむことではないだろうか。

というわけで、私は結局、家を出なかった。

そして、出ないまま、今日にいたっている。

ついに出ないまま、一生を終えるのではないかと、このごろ、かなり恐ろしい。

同じ家に住んではいるが、そこは「生まれたときのままの家ではない」と、書いた。

私がいま住んでいるのは、大ざっぱに数えると生まれてから三軒目の家である。前にも書いた通り、父は、普請《ふしん》の好きな人だった。

だが、一から建て直すような大掛かりなことはしないし、できない。それほどの大金がはいってくるアテはなかったし、地道に貯蓄に励む性格でもなかった。だから、ことあるごとに、あっちを出っ張らせたり、こっちを引っ込めたり、そことここをつないだり、壁でふさいでみたり……。

おかげでひどく雨漏りの多い、不細工な家になってしまったが、子供心にはそうした小さな変化が楽しかった。ワクワクした。

小さからぬ変化も、一度だけあった。

とある工務店の社長と飲み友達となり、酒の上で「あるとき払いの催促なし」という合意でもできたのか、大々的な改築を行なったのである。私が小学校五年生のときだった。

間取りがガラリと変わってしまった。もと食堂だったところが私と妹の部屋になり、玄関があったところに食堂ができた。濡《ぬ》れ縁も雨戸も取り払われ、二間の和室が、広い洋室に変わった。カーテンが入り、絨毯《じゅうたん》が敷きつめられ、オーディオ・セットが置かれた。

屋根も土台も骨組みも、相変わらず一緒だから、同じ家といえば、同じ家である。

だが、私の記憶の中には、まったく違う家として残っている。

そして、いま、三軒目。考えてみれば、いままでに住んだ三軒のなかで、いちばん長い年月を過ごしているのが、ここである。

しかし、不思議なことに、まだいっぺんもこの家の夢を見ていない。夢に出てくるのは、昔の玄関、昔の勉強机、昔の窓……。

そう妹に言うと、妹は「信じられない！」と、目をまるくする。

「私なんて、とっくのむかしに、ここの夢を見るようになったヨ」

ひょっとして、私が住んでいるのは、いまだに昔の家なのかもしれない。

といっても、昔の家が素晴らしかった、大好きだった、というわけではない。

一軒目も二軒目も、安普請だった。薄っぺらだったし、安っぽかった。

心に残っているのは、そこに染《し》みついた思い出なのだろうか。

父の書斎の畳の上にゴロリと寝転んでいると、天井の木目が、しだいに美しい女の人や、鬼や、おじいさんに見えてきたこと。雨戸の節穴からこぼれてくる朝の光を、寝床の中からあかず眺めていたこと。おこたの間の明かりを背にすると、玄関の床板の上に、くっきりと細長い影ができるのが嬉《うれ》しくて、バレリーナを気取っていろいろなポーズを取ってみたこと。

少女の私にとって、家は単に「住む」だけのところではなかった。遊び、感じ、親しむところでもあった。

私は、いまの家を、ただ無感動に「フロ」「メシ」「ネル」の場にしているのではないかと、反省する。

少女の心に立ち返れば、こんなに楽しい家もない。回廊は、追いかけっこや、隠れんぼに最適だし、ところどころにある段差が、遊びに変化をつけてくれる。トップライトからは、月明かりが射《さ》すこともあるし、吹き抜けの高い壁には、太陽がいつも光の絵を描いていて、夢見るのにも事欠かない。

そうだ、もう少し、家に親しまなくっちゃ、家を楽しまなくっちゃ。

そう思って、ゆっくり回廊をめぐってみる。高い壁を見上げて、光が織りなす絵を探す。だが、いけない。光より先に見えてきたのは、壁紙の汚れである。糊《のり》の部分だけが白く、あとは茶色く変色している。

この一面の壁紙を張り替えるには、いったいいくらかかるだろう。

私は下を向く。廊下の板が見える。ところどころニスがはがれている。曲がり角においてそれは著しい。

私は目をつぶる。溜《た》め息《いき》をつく。

大人が家を楽しむのは、かくも難しい。

心の縁側

我が家の近くに「ネコ通り」と呼ばれる場所がある。住宅に囲まれた狭い道で、車の通りが少なく、野良《のら》猫の溜まり場になっている。

その「ネコ通り」を歩いていたら、顔馴染《なじみ》の三毛猫が、私の目の前をノソリと通り過ぎた。見ると、お腹《なか》が異様に大きい。

「ミケが出産間近みたいよ」

と、家に帰って、猫世界のマザー・テレサ、わが妹に報告する。

「やだ、どうするつもりだろう」

ネコ・テレサの顔がたちまち暗くなる。

本当にどうするつもりだろう。どこで産むんだろう。どうやって育てるんだろう。

三毛猫は、もともと野良猫ではなかった。「ちゃんと」ではなかったが、「ネコ通り」に面した家でしばらく飼われていたのだ。玄関先に段ボールをあてがわれて、子猫が五、六匹、ピョンピョン跳ねながらじゃれ合っていたのを覚えている。

しかしある日、その家の主人が猫を残して引っ越してしまった。家はたちまち解体され、あとにはワンルーム・マンションが建った。

ねぐらを失った猫兄妹《きょうだい》は、近くの古い日本家屋の縁の下に居を定めたらしい。だが、その家も、老夫婦があいついで亡《な》くなり、ほどなく解かれて、駐車場になってしまった。猫たちは、雨の日は車の下で、晴れた日にはボンネットの上で過ごすようになった。

そこが「ネコ通り」と呼ばれるようになったのは、それからである。

思えばあっという間のことだった。

猫兄妹の苦難の道のりは、そのまま、この通りから昔ながらの家並が消えていった日々につながっている。

ちょっと長い旅行から帰ってくると、どこかしら町の景色が変わっている。木陰がなくなって駐車場が増えていた。古い趣のある日本家屋が、ピカピカのできあい御殿にかわっていた。

いちばんの被害者は野良猫たちだろう。新しい家には「すき」というものがない。

縁の下はコンクリートで固められているし、屋根裏への入口もぬかりなく塞《ふさ》がれている。

何日か後、ぺこんとへこんだミケのお腹を見て、再びやり切れない思いに襲われた。いったい、どこで産んできたんだろう。子猫はどうしたんだろう。

縁の下をビッチリとコンクリートで固め、屋根裏には断熱材をがっちり敷き詰めて、一分の「すき」もないとは、我が家のことである。以前の家では、雨漏りとカビとすきま風に悩まされ続けた。建て直す際に、建築家にそうした悩みをトウトウとまくし立てた結果、要塞《ようさい》のような家ができあがってしまったのだ（要塞とはいえ、ゴキブリ、ムカデ、ダニには無防備である。雨漏りの悩みも完全には解消されていない）。

昔の家は「すき」だらけだったと、新しい家に住んでつくづく思った。

例えば猫は、猫用の扉から出入りする。その扉を閉めてしまうと、入れないし、出られない。昔の家だったら、どんなに厳重に戸締りしても、さかりがつけばどこかからスルリと抜け出して、必ず大きなお腹で帰ってきたものだった。

子猫を産んでからも同じである。子供たちが大騒ぎで覗《のぞ》いたり、触ったりしようとすると、母猫が一匹ずつくわえて、どこかへ持って行ってしまった。屋根裏か、縁の下か……。誰にも邪魔されずに、子育てに専念できる場所が、昔は確かにたくさんあった。

そういえば今の家には縁側もない。

植木屋さんに入ってもらって「あれっ」と思った。一服していただく適当な場所がないのである。

「どうしましょう。どこにしましょう」と、お茶を抱えてうろうろしていると、植木屋さんは、「ここで結構」と玄関前の石の上にあぐらをかいて、鷹揚《おうよう》にお茶をすすった。

しかし、なにかが違う。美しくない。

もっと自然な形があったはず……と、はっと、「縁側」に思い当たった。

昔むかし、わが家には濡れ縁があった。その濡れ縁に腰掛けて、職人さんたちはお茶を飲んでいたのだ。

職人さんだけではない。私たちがおやつを食べたのも、そこだった。日盛りには、犬がその下で昼寝をしていた。ご近所の人たちは、玄関から入らず、裏木戸を通って、縁側で話し込んでいった。子供たちも直接そこに駆け込んできた。

夕涼み、日向《ひなた》ぼっこ、あやとり、お手玉……、目をつぶると楽しいイメージばかりが浮かぶ。

あんないいものを、なぜなくしてしまったのだろう。


「戦後、日本人が失ったのは、縁側である」

正確な言葉は忘れたが、森繁久彌《もりしげひさや》さんが確かそんなことをおっしゃっていたように思う。

縁側そのものよりも、むしろ縁側の文化、つまり人の心にある縁側を惜しんでいらしたのではなかったろうか。

縁側には、玄関ほどのよそよそしさ、ものものしさはない。勝手口のような、せわしなさもない。外に向かって、ゆったり、温かく開いている。

ふっと、今までに演じてきたドラマのことを思い出した。心に残るのは、たいてい、縁側のシーンなのである。

『男はつらいよ』で、「母はね、寅《とら》さんのこと、好きだったのよ」と、亡くなった母親の心を明かしたのも、縁側だった。寅さんは、庭先で静かに聞いていた。ああいう話は、玄関ではしないだろう。秋の陽射しをいっぱいに浴びた縁側だからこそできた打ち明け話だったのかもしれない。

季節と心を通わせる場所。家の中のようにくつろいで、外に向かえるところ。子供にも動物にも愛される……。

そんな場所を、戦後の日本人が本当に失ってしまったのだとしたら、こんなに寂しいことはない。

食卓の春秋

叔母の三回忌の法要は、いとこの家で営まれた。法要といっても叔母は無宗教だったから、お経をあげるわけでも、線香を手向けるわけでもない。ただ親戚《しんせき》一同が久し振りに顔を揃《そろ》えて、くさぐさの思い出話に花を咲かせただけである。そして会はいつの間にか、いとこの新築祝いのようになっていった。

傾かんばかりに古かったその家は、叔母の死後、外壁の煉瓦《れんが》も美しい瀟洒《しょうしゃ》な住宅に生まれ変わっていたのだ。

いとこの奥さんが三十人からの客に自慢の料理の腕をふるう。まだ小さい娘たちがそれを手伝う。「厳しい父親なのよ」と奥さんが笑う。明るく清潔な台所、陽当たりのよい居間。すべてがいとこ一家同様、好ましく思われた。

なかでも目をひいたのが、食堂にデンと置かれた、無垢《むく》の大テーブルだった。厚さが十センチはあるだろうか。ケヤキの褐色の木肌がツヤツヤと輝いている。

「すごーい、高かったでしょう？」

と、喚声をあげると、いとこは苦笑した。

「ウン、家のローンを組むドサクサでね、お金の桁《けた》に鈍感になってたんだ……」

そして、ちょっとはにかんだように言葉を続けた。

「ホラ、お宅にあったでしょう、もっとずっと立派なテーブルが。あれに憧《あこが》れてて、ずーっと欲しいと思ってたからサ」


子供の目には何でも大きく見えるものだが、私と同い年のいとこが憧れたというそのテーブルは、実際、大きかった。両端に引き板がしまわれていて、それをのばせば全長は優に二メートルはあったろう。何十年も前に、父が特注で作らせたものである。椅子《いす》もテーブルに合わせてしつらえられており、我が家では、父の席、母の席、そして子供たちひとりひとりの席が、きちんと決まっていた。

食事どきにみんながちゃんとその席についていないと、父は機嫌が悪かった。

食事中のテレビは厳禁である。好き嫌いは容赦なく糾弾された。おふざけも、鼻歌も、だんまりも、言語道断だった。早く自分の時間を持ちたいと、御飯をかきこみ、先に席を立とうとすると、厳しい声で咎《とが》められた。

「御飯は、みんなでお喋《しゃべ》りしながら、ゆっくり楽しく食べるものです。勝手に立ってはいけません」

結局のところ、父がこだわっていたのは、家族の「団欒《だんらん》」というものだったのかもしれない。

この「団欒」に父は恵まれなかった。九歳の時に母親に家出され、一家は離散の憂《う》き目《め》を見たのである。妹たちは田舎に引き取られ、父は祖父との仕出し弁当の生活に明け暮れる。

大きな食卓はきっと、父の憧れる「団欒」の象徴だったのだろう。

いとこも、ある意味で「団欒」には恵まれていなかった。彼は一人っ子だったのだ。両親のこぼれるような愛情を受けてはいたが、大家族がおりなす悲喜劇、奪い合い、喧騒《けんそう》、同盟、裏切りなどからは、縁遠かった。

いとこが、そんな騒々しい「団欒」を、ほんの一かけらにしても味わったのは、我が家ではなかったかと思う。

いとこがちょくちょく家に来ていたのは、下の兄、私、妹の、年子の三兄妹がまだ小学生の頃だった。

玄関に人の気配がすると、たちまち子供たちが駆けつけ、叔母の手からいとこを奪い取る。そして「御飯」の号令が掛かるまで、くんずほぐれつの遊びを続けた。

こういう日、テーブルは目いっぱいに引き出される。父もニコニコと子供に甘く、うるさいことは言わない。毒舌家の叔母と、ひょうきん者のいとこのお陰で、食卓はいつもの倍賑《にぎ》やかで、いつもの倍楽しかった。

帰る段になると必ず「泊まっていって！」の大合唱が起こった。断固としていとこを引きずり帰る叔母に、「オニババーッ！」と罵声《ばせい》を浴びせたことも、一度や二度ではない。

いとこが帰ると、火が消えたようだった。私たちでさえそうだったのだから、いとこは一体どんな気持ちだったのだろうと、今にして思う。私たちには、少なくとも喧《けん》嘩《か》相手がいた。たたんでも十分に大きい食卓があった。

大きなテーブルは、しかし、いとこが言うほど「立派」なしろものではなかった。物のない貧しい時代のこと、無垢の板などではなく、安物の合板でできていたのだ。十年、二十年と、年を経るごとに、薄っぺらな突板《つきいた》には、ひびやささくれが目立つようになる。だが、何といっても「父のテーブル」なのである。簡単に見限るわけにはいかない。

と思っているうちに、父が亡くなって二十年がたった。母と娘のささやかな暮らしが長くなるにつれ、そのごついばかりのテーブルの存在が、何とも鬱陶《うっとう》しく感じられるようになった。もっと小さくていいんじゃないかしら。もっと軽い方が楽じゃないかしら……。

そしてある日、木目の美しいカバを譲り受けたのを潮に、大工さんに小ぶりの円テーブルを作ってもらい、大御所には引退を願うことにした。

引退といっても、何しろ図体《ずうたい》が大きいものだから、隠居先がない。仕方なくしばらく雨ざらしにしておいたら、安物の悲しさ、わずか二週間にして、突板がベロベロに剝《は》がれ、見る影もない哀れな姿と成り果ててしまった。結局、行き着く先は「粗大ゴミ」である。係の人がバリバリッと脚を折り、あっという間に片付けて行ったという話を母から聞いて、私は何だか胸が痛かった。こうして父の世界がだんだんと消えてゆく……。

だから、いとこの家の大きなテーブルが、私にはとても嬉《うれ》しかった。有り難かった。バトンは、父からいとこへと、しっかりと手渡されているのだ。

表札はどこへ行った？

表札が、受験生のお守りになるという「まじない」は、どこへ行ってしまったのだろう。「いやぁ、表札を盗まれちゃってね」という話を、とんと聞かない。

手ごろな表札がないからだろうか。

霊験《れいげん》あらたかそうな表札は、このごろ、どれも門柱にしっかりと埋め込んであって、盗むには、のみとかなづちと、相当なふてぶてしさがいる。気軽に失敬したという感じではなくて、計画的な犯罪の匂《にお》いがするのだ。「まじない」のかいあって、志望の大学に合格できたとしても、発覚したら、入学、即、退学ということになりかねない。

昔の表札は、玄関のわきに慎ましやかにぶら下がっていた……、そんな気がする。ちっとも慎ましやかではなかったが、我が家の表札もぶら下がり式だった。杉の丸木でできた門柱に、「檀一雄」と墨で大書された木札が、堂々と掛けられていた。

そのぶら下がり具合が、いかにも「盗ってください」といわんばかりだったからだろうか。それとも、文学部志望の受験生が、必勝を祈願してのことだろうか。

父の表札も、春先に何度か消えた。

そして父は、それを怒るでなく、むしろとても愉快がった。

父が、自分で作った表札を、上機嫌で門柱に掲げた日のことを、ぼんやりと覚えている。

きっと「表札泥棒」の、すぐあとのことだったのだろう。

まず、大工道具をあらためる。砥石《といし》を出して、小刀を研ぐ。鉋《かんな》の刃を整える。そして、長さ三十センチほどの小さな角材を刻んだり、削ったりしながら、かまぼこ型にしていく。父は手仕事の好きな人だった。

形が出来上がると、今度はそれを、軽く火であぶったのではないかと思う。黒く焦《こ》げた木の表面に、丁寧にやすりを掛けていた姿を、おぼろげに記憶しているからだ。こうすると雨に打たれても、腐らないのだと言っていた。

さらに、なめらかになった表面に、白墨を塗りつける。墨の乗りをよくするためである。

それから、おもむろに筆を取り上げ、かまぼこの円いほうに「檀一雄」としたためる。

そうやって一日がかりで作り上げた表札を、父は満足そうに、煙草《たばこ》をくゆらせながらいつまでもためつすがめつしていた。

杉の門柱に、手製の表札が掛かっていたころ、我が家を囲んでいたのは竹垣だった。青々と輝く竹を黒い麻縄で結んだ、美しい建仁寺《けんにんじ》垣《がき》ではない。廃寺のごとく、破れ、倒れかけた、ボロ垣根である。

「なにここ、お化け屋敷ィ？」

おびえながら前を通る子供たちの声が、家の中まで聞こえてきたものだった。怖いのも無理はない。我が家の斜《はす》向かいは墓地なのだ。

ボロボロの垣根をなんとかしようと、あるとき、家族全員でコカ・コーラのコマーシャルに出演した。その出演料で、塀を建て直そうという計画である。

そのころ、父は一年半にわたるポルトガル生活をたたんで、帰国したばかりだった。お隣の国スペインを旅したとき見たガウディの建築に心酔し、「ガウディ」「ガウディ」と寝ても覚めても言っている。目指すは、グエル公園か、サグラダ・ファミリアか。

だが、工務店の社長に「ガウディ」と言っても、首を傾《かし》げるばかりである。鉄筋を組み、ブロックを積んで、その上をセメントで塗り固め、出来上がったのは、ガウディとは似ても似つかぬ、真っ白な、スペインの城壁風の塀だった。ところどころ銃眼まで空いている。

そして、私たち家族は、ひとつの厳然たる事実を知った。日本の風土に、輝かしく白い、スペイン風の城壁はまったく似合わない。「わび」「さび」が生まれたのには、それなりの理由があるのだ。

緑深い、閑静な住宅街で、ただ一軒我が家だけが「浮いて」いた。夏でも雪が積もっているようなおもむきだし、冬は冬で、鈍色《にびいろ》の空の下、場違いに明るい。

「入場料がいるかと思いましたよ」と、訪ねて来た人が、必ず言った。

私たちは一計を案じた。塀全体を、蔦《つた》でおおって隠すのだ。急ぎ、園芸店に走って、苗を求めたが、蔦が塀の外側まで届くには、七、八年かかるという。

「七、八年なんて、すぐ経《た》っちゃうから」

そのとき、悄然《しょうぜん》と諦《あきら》めかけた私たちを叱《しか》り、励ましてくれたのは、上の兄の嫁である。

実際、七、八年なんてあっという間だった。七、八年どころか、それから四半世紀以上も経ってしまった。蔦は繁茂し、今や道路までも侵食しようかという勢いである。白かった塀も、長年の風雪に耐えているうちに鉛色となり、あちこちひび割れてきた。

ときどき、道行く子供たちの悲鳴が聞こえる。

「なにここ、お化け屋敷ィ？」

スペイン風の塀に表札はない。

表札作りの好きな父が、塀が出来上がるのを待たず、九州の小さな島に居を移してしまったからである。そしてその島で発病し、ついに東京には帰らなかった。

父が島で暮らしたのは、一年足らずだった。そこでの生活をいたく気に入り、木を植え、ペンキを塗り、網戸をつけ、自分でできることは全部やった。

もちろん、表札も作った。

しっかりした板に、例によって墨で黒々と自分の名を入れ、玄関のわきにぶら下げていた。枝折《しお》り戸にも、「セニョール・ダン」とポルトガル語で書き込んで、悦に入っていたという。

その枝折り戸は、台風で飛んでしまった。

表札も、ない。

父が亡《な》くなってすぐ、隣家の人が留守宅を見回りに来てくれたときには、もう消えていたという。

父が亡くなったのは、一月二日……。

受験生が神頼みをしたくなる時期ではある。

春を忘るな

「隣の花は赤い」とか、「隣の芝生は青い」とかいうけれど、よその家にあるものは、どうしてああも素敵に見えるのだろう。

「隣」ではなく我が家の向かいには、お城の天守閣のような豪邸がそびえ立っている。そこの庭がまたすごい。大谷石の石垣の上に堂々たる竹垣がめぐらしてあるので、しかとは見えないが、松も梅もモミジも柿《かき》の木も、枝ぶりが我が家より数段上のような気がする。

春になる。我が家の梅が控えめな白い花をつける。すると間もなく向かいの梅が、これ見よとばかりに咲き乱れる。その色は、燃えるような紅。

「やっぱり、春先は紅梅だわね」

「色のない世界が、ぱーっと華やぐものね」

「なんでオトーサマは、白い梅ばっかり三本も植えたのかしら」

と、向かいの梅を見上げるたびに、亡くなった父の審美眼までをも疑ってしまう。

そんな陰口が何年も続いて、さすがにわが白梅も耐えがたくなったのだろう。

ある年、突然、一本が立ち枯れてしまった。通りに面しているところにあったので、いつも向かいの紅梅と比べられていた梅である。樹齢五十年近くにはなっていただろうか。ひっそりと白い花を咲かせて、そのまま、誰に看取《みと》られることもなく生命を終えた。


青葉の季節になって、折りたたみ式のガーデン・テーブルを広げ、「さあ、庭でお茶にしましょう」というとき、はたと、何かが違うことに気がついた。

おかしい。前の年までは、木漏れ日と、さやさやと吹く風の中で、気持ちよくお茶を飲んでいたのに、今日はなんだかやたらと眩《まぶ》しい。太陽の方をにらみつける。するとそこには、老いさらばえた梅の木が、一枚の葉っぱもつけず、灰色のむくろとなって、無言で立っていたのだった。


いったい、どういう呪《のろ》いなのだろう。ウチの庭木には災いばかりがふりかかる。

門のすぐわきには、魔の三角地帯があって、そこなど何を植えても根付かない。山吹、沈丁花《じんちょうげ》、蠟梅《ろうばい》……、植えても植えても、二、三年目には枯れている。

最初に、その三角地帯の呪縛《じゅばく》にあったのは、百日紅《さるすべり》である。それは素晴らしい枝ぶりの木だった。幹は見事な流線を描いていて、門にかぶさるようにアーチをつくっていた。

しかし、ある日、はっと気がついてみると、その百日紅がどこを捜してもない。

「どうしたの？」と、早速、母に訊《き》いてみる。母が、急にうろたえ始めた。

「アレは……、植木屋さんにあずかってもらったの……。ホラ、この二、三年、花が咲かなかったでしょ。だから……」

出入りの植木屋さんかと問えば、そうではないと言う。

見知らぬ植木屋さんが、突然、我が家の呼び鈴を鳴らし、「奥さん、大変だよ！この百日紅、すっかりやられちゃってるよ」と、大騒ぎした。そして、ウロに手をつっこんだり、幹をたたいたりして、中が空洞になってることを示したあげく、「陽当たりのいいところに移して、ちゃんと面倒をみてやれば、なんとか助かるかもしれない」と、呟《つぶや》くが早いか、あれよあれよという間に、シャベルを取り出し、根こそぎ持っていってしまったというのである。

そして、この上なく具合悪そうに、母はその話を結んだ。

「もう返してくれないと思うの。一万円、置いていったから……」

百日紅のことなど長らく忘れていた私だが、突然、猛烈に惜しくなった。懐《なつ》かしくなった。わが庭にはなくてはならない木だと思う。そこで、出入りの植木屋さんに、別の場所を選んで、新たに一本植えてもらうことにした。ひょろひょろと貧弱で、棒ぐいのように味もそっけもない木だが、なんと十三万円だという。

その勘定でいけば、わずか一万円で売られていったわが愛《いと》しの百日紅は、百万円は下らなかったはずである。

向かいのお宅は、百日紅もまた素晴らしい。

「ウチの子があっちに行ったんじゃないの」と、疑いたくなるくらいの枝ぶりである。だが、さて、問題は梅の木である。とにかく、向かいの庭木が羨《うらや》ましくてならない私は、「植木屋さんを紹介してもらってよ」と、母をせっついた。

と、どうだろう。

そんな話の真っ最中に、向かいにトラックがピタリとついて、植木屋さんが三人降りてきたのである。庭の手入れが始まるらしい。

「それっ」とばかりに、私はお向かいに走った。そして、頭《かしら》とおぼしき人に、「ウチの梅が枯れちゃったんですけど……」と、哀れっぽく助けを求める。

「枝ぶりのいいの、おタクに置いてません?」

「どんなのがいいの、紅、白?」

私は、間髪を入れず、叫んでいた。

「もちろん、紅です、紅梅!」

頭は、フムフムと頷《うなず》きながら、言った。

「紅はいいよね。実は採れないけどね」

その言葉を聞いた途端に、「紅」へのこだわりが、ぱたっと失《う》せてしまった。そうか、父が三本とも白梅を選んだのは、実が欲しかったからなのだ。梅干し、梅酒、梅ジャム……。

「やっぱり、白にします。白!」

というわけで、再び白梅が我が家にやってきた。

「紅梅は、お向かいのが楽しめるんだから」と、頭が言う。

その通りである。隣の木の実の味は分からない。しかし、隣の花の色は、はっきりくっきり見えるのだもの。

【その後】

突然、お向かいさんが引っ越していった。豪邸は区が買い取り、「まちづくり用地」として更地にしてしまった。紅梅はもうない。春がなんだかとても寂しい。

親父《おやじ》の居場所

我が家が二世帯住宅であることについては、何度か触れた。

もともと、そんなつもりで建てた家ではない。下の兄の一家が引っ越してくることになったときには、だから、上を下への大騒ぎだった。大幅な増改築を行わなければならなかったのである。

庭の向こうには、長兄の一家が住んでいる。そちらの方もその数年前に改築を行っており、長兄は建築に関して一家言ある。その兄が、普請《ふしん》の具合を検分に来て、弟に向かってつくづくと言った。

「お前、今のうちにちゃんと自分の部屋を確保しとかないと、そのうち居場所がなくなっちゃうぞ」

そして、北側の、窓のない、納戸《なんど》となるべき一角を見て言った。

「ま、早晩、ここがお前の居場所だな」

下の兄はといえば、そんな忠告もなんのその、余裕しゃくしゃくだった。

どうやら、「親父」としての、自らの絶大なる存在感を、信じて疑っていないようである。

このかたは、同世代の日本男児に珍しく、企業や社会なんぞに魂を売り渡していない。フリーランスの「なんたらかんたら」という仕事をしていて、妹の見るところ、四六時中家でゴロゴロしている。「鬱陶《うっとう》しい」という意味での存在感は、確かに絶大に違いない。

だから、長兄の心配は他人事《ひとごと》だと思ったのかどうか、「知ってる？　オレの部屋ってないんだぜ」と、新しい家の間取りを、自慢げに吹聴《ふいちょう》して回っていた。その実は、「すべての部屋が自分のもの」というような口ぶりだったのである。

そして、思惑どおり、兄はどこの部屋にもいた。冬の午後は陽当たりのいい中二階で昼寝をし、暇を持て余したときには子供部屋でファミコンに興じ、たまに食堂のテーブルや子供の勉強机で仕事をしているようだった。

しかし、子供はぐんぐん成長する。やがて上の娘が「一人で寝たい」と言い出し、中二階を占拠した。「子供のうちはのびのびと」という独自の教育方針で塾通いを免除された息子は、まさに父親の意図を体現すべく、毎日、友達を家に連れてきては「のびのび」と遊び、ドタンバタンの大騒ぎをしている。

親父はパソコンを買い込んだが、どこにも置くところがない。

結局、長兄の予言通り、薄暗い納戸にひきこもって、日がな一日コンピューターとお話しているらしい。


そういえば、父が晩年、「奥の部屋」と呼ばれていた書斎に、三畳ほどの板の間を建て増しして、炉を切り、そこを自分のお気に入りの場所としていたことを思い出した。

囲炉裏のわきにどっかとあぐらをかき、自在鉤《かぎ》につるした鍋《なべ》のお守りをしながら、ゆっくり酒を飲む。これが、父の至福のときだったのではなかろうか。

ある夜、ぐっすり寝入っていたところを、母に揺り起こされた。お父様がお呼びという。真夜中に、父が子供たちを叩《たた》き起こすことは、たまにあった。居間に集め、説教を垂れるのである。

だが、いつもとはなんだか様子が違う。呼ばれたのは私だけで、父が待っているのは「奥の部屋」というのだ。

おそるおそる襖《ふすま》を開けると、父が不機嫌そうな顔をして、囲炉裏端に座っていた。

「ここにネコを入れましたね」

と、父はかたい口調で言った。

「囲炉裏の中で、ウンチをしています。灰を取り換えなさい」

真夜中である。次の日は学校がある。

しかし、父の一言は絶対であった。

私は、泣きながら灰をかき出して捨て、物置きにあった藁《わら》を燃やして新たな灰を作った。そのうちに、夜がしらじらと明け始めたのではなかったかと思う。

後日、その話を、父がおもしろおかしく「家出のすすめ」というエッセイに書いた。学校で先輩から、「お前って、とんでもないヤツだなあ」と言われて、はじめて知った。

「……永年、書きかけている長篇にしめくくりをつけようか、と、久しぶりに家に帰り、わが家を見まわしてみたら、自分の書斎がどこにもない」

「ないのが道理で、居ないオヤジの書斎（というより酒の部屋）をムダに遊ばせておくよりも、使った方がいいだろうというわけで、娘達の占領するところとなっていた」

「娘達が、私の留守書斎に入りこむと一緒に、ポチ（猫の名）も移動してきたらしく、ポチは遂に、日本一の便所を発見したのである。私の囲炉裏だ」

と、まあ、父はひたすら無力で哀れに描かれており、私は、その老いた父親をいたぶる、わがまま放題、傍若無人な娘となっている。

「作家って、ひどい」と、私は恨んだ。家長の絶対的権威を笠《かさ》に着た自分自身の横暴と、泣きながら夜を明かした「素直で従順な娘」については、一言も触れていないではないか。

しかし、今になって当時を振り返ると、父の「憂《う》さ」ばかりが、思いやられる。炭を熾《おこ》す。灰を掻《か》く。金火箸《かなひばし》で丁寧に炭をいけてゆく。そのゆったりとした一つ一つの動作に、どれだけ父の心が慰められただろう。

鍋のぐつぐつという呟きを聞きながら、酒を飲み、来し方行く末に思いを馳《は》せる。人生の刈り入れどきの、そんなささやかな楽しみを、ネコの排泄物《はいせつぶつ》の臭気で台無しにしてしまった、娘の罪は重い。もっと反省してもいいところを、逆恨みしてしまうのだから、青春とは傲慢《ごうまん》なものである。

先日、デパートで「囲炉裏」を売っているのを見かけた。可動式の簡便なものである。ふと、無性に懐かしくなった。なぜ建て直すとき、惜しげもなく潰《つぶ》してしまったのだろう。

炭が真っ赤に熾るのを眺めていたい。白い灰を丁寧にならしてみたい……。

私もまた、ほんとうの「自分の場所」を持っていないのかもしれない。

真夜中の料理人

このごろ、無性に料理をしたいと思うことがある。

「したいんだったら、すればいいじゃん」と、しかし、主婦の友人は冷たい。彼女たちは、私とは反対に、なんとかしておさんどんから逃れる手立てはないものかと、日夜、考えをめぐらせている。友達の酔狂につきあっている暇はないらしい。

もちろん、私だって、料理をしたことがないわけではない。

小さい頃はウルトラE難度級の「よい子」だった。こっそり早起きして、米を研ぎ、ご飯を炊《た》いていた。豆腐やワカメのみそ汁も、煮干しで出汁《だし》をとって作った。

小学校も高学年になると、お菓子作りに熱中した。プリンはもちろんのこと、スポンジケーキ、スフレ、ババロア……、ウチにあった料理本に首を突っ込みながら、食べたことのないもの、見たことのないものまで、嬉々《きき》として作った。

ティーンエイジになって、色気づいてくると、ますます料理にうちこんだ。なんといっても男心をくすぐるのは、料理上手な、家庭的な女の子なのだもの。

そんな娘があるとき、天啓を授かった。

食べ物で男を釣ろうなんて姑息《こそく》な手段である。正真正銘の「イイ女」になって、正々堂々と「イイ男」をつかまえよ。

それからのことである。「ダンさんは、お料理は？」と訊《き》かれると、言下に、「ぜーんぜん」と答えるようになった。

「あら、だって、お父様は『檀流クッキング』という本もお書きになったくらいの、お料理好きでいらしたでしょうに」

「あのね、『檀流』の『ダン』は『男』でもあるんです。うちは『男流クッキング』なの」

しかし、そううそぶいてみたところでイイ女になれるわけもない。イイ男どころか、ろくでもない男もつかまえられないうちに、あれよあれよと適齢期から遠ざかってしまった。

今さら、手料理で男心をくすぐろうとも思わないし、くすぐれるわけもない。

このごろ、私が無性に料理をしたく思うのは、純粋に私自身のためなのである。

父がひとりで料理するのは、真夜中だった。深更、お手洗いに立つと、台所のドアのすき間から明かりが漏れていることがあった。

(あ、またお料理を作ってる。原稿が書けないのかなあ……)

そう、同情を寄せる一方で、(昼と夜がひっくり返っちゃって、不健康だなあ)と、なんとなく批判的な思いでもいた。

しかし、いま、完全に昼夜がひっくり返っているのは、私である。

ビデオで映画を見ても、台本を読んでも、仕事の資料に目を通していても、必ず深夜になる。原稿の締切りなどに追われれば、夜を徹することもしばしばである。

徹夜になりそうだと、ワサワサと心が騒ぐ。さっさと仕事を終えて、早く眠らなくっちゃ、本業(女優デアル)に障《さわ》るわ……。いつも心は何かに追われていて、夜更《ふ》けは、お茶一杯いれるのも、もどかしく感じる。

そんな私と比べると、父の生活は「不健康」どころか、「健康的」でさえあったのではないだろうか。深夜、原稿に行き詰まると、立ち上がって、台所に行く。業務用の超大型冷蔵庫を開けて中に入っているものを確認する。

よく冷えたビールを出す。栓を抜く。グラスに注ぐ。

まず、一杯目を飲みながら、タマネギを薄く刻む。二杯目を注いでから、フライパンに油をたらし、弱火で炒《いた》め始める。

「何分くらい炒めるんですか？」

と、料理の取材のとき、記者に訊かれると、

「そうね、ビールをゆっくりと、一本飲みあげるくらいの時間かな」

と、父は答えていた。

そうやってできあがった料理が何だったのか、私はよく覚えていない。オニオンスープだったか、シチューだったか、カレーライスだったか。とにかく、父は、いつもタマネギを大量に用意して、しんなりと小さくなるまで炒めて、料理に使った。

あの、ゆったりした時間が私には羨《うらや》ましい。

私も、タマネギを炒めてみたい。ビールではなく、赤ワインをグラスに三杯ぐらい、しゃもじを動かしながら、たっぷりと時間を掛けて楽しんでみたい。

やがて、タマネギの甘い匂《にお》いが鼻腔《びこう》をくすぐる。立ちのぼる湯気の中に、見えてくるものはなんだろう。原稿のアイデアか、演技プランか、はたまた来し方行く末か。

すっかりその気になって、我が家の台所に立ってみた。だが、ここではダメだと、たちまちにして悟った。ここは母の場所である。母の匂いが染《し》みついている。長年の垢《あか》も、油汚れも、染みついている。ヒトの台所で、哲学的思考はできない。

山の家の台所を思い浮かべる。あそこならいい。ピッカピカのまんまだし、広々として気持ちがいい。景色も、窓辺にしたたる緑も、最高である。

しかし、再び力なく首を振る。

私は、山の家を愛している。愛するがあまり、家の中での喫煙、並びに油と煙の出る料理をかたく禁止している。だからいつまでもピッカピカなのである。

それでもどうしても魚が食べたくなることがある。ジュージューと肉を焼きたくなることもある。魚のためには七輪を買ってきた。肉を焼いたり炒めたりした場合は、潔癖なドイツ人のごとく、レンジ磨きに普段の数倍の時間と体力を費やすことにした。

タマネギ炒めで生まれた哲学も、心のゆとりも、そのあとのレンジ磨きで、雲散霧消してしまうことだろう。

私は、料理をしたい。しかし、料理するのに適当な台所を持っていない。

なんとも悲しい現実である。

明るいほうへ

久しぶりにドヴォルザークの「新世界から」を聴きたくなったのは、なぜだろう。あまりにも名曲すぎて、このところしばらく敬遠していた。美しいメロディにいろいろな思い出がこびりついていて、とても心平らかには聴いていられないのだ。でも今夜は、ゆっくり、しっとり聴こう。CDをセットすると、調光器で部屋の明かりを絞り、ソファにゴロンと寝そべった。

小暗い部屋いっぱいに、音が満ちていく。この部屋をつくるにあたって、当時はマンションに住んでいた下の兄に、「ご意見」を伺いに行ったことを思い出した。兄はオーディオ・ファンである。あんな音がほしい、こんな音で聴きたいと、自分で巨大なスピーカーを組み立てたりもしている。私も、応接間をなんとか素敵な音楽空間にしたいと願っていたのだ。

「なるべくいっぱい木を使ってほしいな」

と、兄は言った。

「なるべく蛍光灯は使わないほうがいいな」

兄の意見通りにつくられた応接間だったが、きちんとしたオーディオ・セットを持たぬまま、ズンズンと月日ばかりが過ぎていった。

だが、待ってみるものである。それから十数年後、思いがけず兄一家が我が家に越してくることになった。兄一家とともに、長いこと狭いマンションの場所ふさぎでしかなかった手作りスピーカーもやってきて、なんと我が応接間に安住の地を求めた。

そんなわけで、応接間はいま、結構いいオーディオ・ルームになっている。

イングリッシュ・ホルンが寂しげなメロディを奏《かな》で始めた。いつの間にか、第二楽章に入っていたらしい。


「家路」のメロディとともに、ふと瞼《まぶた》に浮かんだのは、何十年も前の台所の窓である。

我が家のまわりには鬱蒼《うっそう》と木が茂っていて、家の中はどこもかしこも薄暗かった。とくに台所は北向きだったから、一日中、日が射《さ》し込むということがない。

父は暗い部屋を好まず、朝でも昼でも、自分のいるところは煌々《こうこう》と明るくしていた。

自分一人のときは、ギリギリまで明かりをつけようとしない母とは、対照的だった。だから、台所の窓に明かりがともっているかいないかで、遠くからでも、父がいるかどうかがわかる。窓からもれる灯火に心が弾むのは歌の中のことで、家路をたどる私の足取りは、明かりを見ると途端に重くなった。

父が嫌いだったわけではない。父は大好きだった。しかし、父がいるのは「非日常」だった。母と子供だけの、気の置けない日常生活からは、遠く隔たっている。

食事をしながらテレビを見る。嫌いなものは食べない。イヤなときは仏頂面《ぶっちょうづら》をする。母親は、どんなに口やかましくとも、根っこのところでは子供に甘い。そういう部分を、子供は子供なりに見抜いていたのだと思う。

だが、父親はそうはいかなかった。不快のタネは見逃さなかったし、決して許してもくれない。父は愉快な人だったし、愉快を好む人でもあった。しかし、子供にとってそれは、いつも緊張をはらんだ「愉快」だったのだ。

そんな父が亡《な》くなって後、明るいのを好む役割は、私に移ったような気がする。学校から、あるいは仕事から帰るなり、「なんでこんなに暗くしてるのよ!?」と、パチパチ明かりをつけて回る。しかし、私は母の娘であって、夫ではない。

「だって、もったいないじゃないの」「ケチしてるんじゃないのよ。資源の無駄でしょ！」

そう言われれば、ぐうの音も出ない。

家を建て直したとき、食卓の上のペンダント・ライトに、四〇ワットの電球が四ついているのを目ざとく見つけて、母親は言った。

「明るすぎるわね。三つで十分ね」

以後、三つ以上の電球がそこにつけられたことはない。

お手洗いの電球は天井と壁に二つあって、スイッチを入れると両方ともつくようになっていた。これも「もったいない」令により、壁の電球はすぐさまはずされてしまった。

でも、ひょっとして、「もったいない」だけでは、ないのかもしれない。

むかし、夏休みに祖母の家に泊まりに行ったときのことである。

かわたれどきに、祖母が暗い台所でお茶を飲んでいた。そこへ叔母が訪ねてきて、

「なんで明かりをつけないの!?」

と、蛍光灯のひもをピッと引っ張った。

「だって、暑苦しいじゃないの……」

眩《まぶ》しそうに目を細めながら、祖母は小さな溜め息《たいき》をついていた。

（白熱灯じゃなくて、蛍光灯なんだもん。そんなに暑くなるわけないじゃない）

そのときの私は、祖母の言葉を不思議に思った。だが、今になってみると、よくわかる。明るいことが「暑い」のである。明るすぎて「苦しい」のだ。

この頃の私は、お風呂場《ふろば》の電気も「暑い」。本当にゆったりしたいときは、すりガラスからもれる脱衣所の明かりだけを頼りに、風呂に入ることにしている。決して節約精神からではない。そのほうが休まるのだ。

ことに蛍光灯の明かりが「苦しい」。夜の犬の散歩の帰りなど、自動販売機で缶ジュースを一本買って行きたいと思うのだが、眩しすぎて近づくのが怖い。

だが兄の助言のおかげで、今の我が家には、間接照明以外には、ひとつの蛍光灯もない。ありがたや、ありがたや。

そう思って感謝していたのに、兄は自分たちの居間に堂々と蛍光灯を入れた。

「蛍光灯は使わないほうがいいよって、言ってたじゃない」

となじると、兄は涼しい顔で、

「お前ね、状況は変わるのヨ」

確かに、育ち盛りの子供がいるところには、隅々まで照らす蛍光灯のほうがふさわしいのかもしれない。

そういえば、父が煌々とつけていた台所の明かりも、蛍光灯だった。あの明かりのもとの「非日常」も、いま振り返ってみると、キラキラと輝く眩しいばかりの思い出である。

そうこう考えているうちに、ほら、「新世界から」は、もう終っている。

死んだ親があとに遺すもの

父手作りの竹馬で遊ぶ兄・小弥太、ふみ、妹・さと

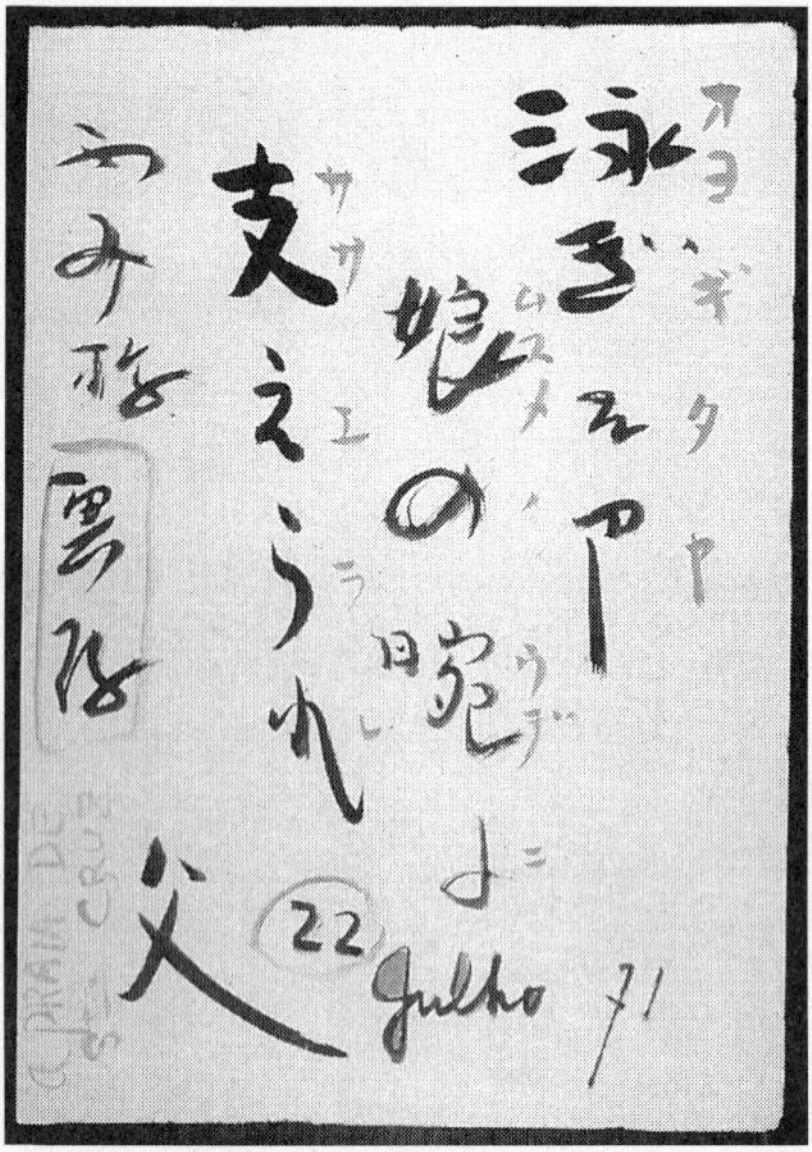

ふみに宛てられた一雄直筆の書

写真がある。

時は晩秋、ところは懐《なつ》かしの「離れ」の前の庭である。

危なっかしい足取りで、私が竹馬の稽古《けいこ》をしている。兄の助けを借りてやっとこさっとこ竹馬に乗ったところなのだろう。私のすぐかたわらで、兄が笑っている。離れの入り口のドアにもたれて、妹がそれをぼんやりと見ている。おとなしく自分の順番を待っているのかもしれない。

おかっぱの妹の頬はぷっくりふくれており、幼児の面差しをとどめている。小学校に入ったばかりというところだろうか。とすると、私は小学校二年生、兄は四年生ということになる。

この写真を撮ったのは父である。父以外には考えられない。なぜなら、その日の一連の記憶は、父とともにあり、ほかに大人の影はいっさいなかったから。

私たち兄妹《きょうだい》が子供の頃、父は「火宅の人」の真っただ中にいた。石神井の家に落ち着いていた日はそうなかったはずである。しかし、記憶を手繰ってみると、父と過ごした時間が、次から次へと驚くほど濃いシルエットで浮かびあがってくる。

寝たきりの次郎兄がいたから、もともと出不精の母が家を留守にすることは、ほとんどなかったといっていい。だが、その母の姿より、父との思い出のほうが、くっきりと心に刻まれているのはなぜだろう。細くはあるが途切れることなく子供たちに寄り添っていた、線のような母親の存在の上に、父はまるで、ボタッボタッと墨汁でも垂らしていったようなあんばいなのである。

竹馬の日も、その「墨汁の一滴」だった。

なぜ、「その日」だったのだろうか。植木屋さんが置いていった竹に、ちょうど頃合いのものがあったからかもしれない。買い物の途中で、ふと思い立ったのかもしれない。父のすることは、いつも唐突だった。

とにかく、その日、父は子供たちを庭先に集めて、竹を切ったり割ったりしながら、何やら作りはじめた。

小刀で削る。キリで穴をあける。じれったい思いで待った記憶はないから、多分あっという間のことだったのだろう。

できあがったものを、ヒューイと、まず父が上手に飛ばして見せてくれた。青い空に、竹の羽根がフゥワリと浮かび上がった。それが「竹とんぼ」というものであることと、自分たちの子供時代にはこういうもので遊んでいたことを、父は教えてくれた。父のようにはなかなかうまく飛ばせなかった。何べんためしてみても、どんなに力をこめて手と手をこすり合わせても、とんぼの羽根は、すぐにヘタヘタと足もとに落ちてきてしまう。

ヒューイと飛ばした爽快感《そうかいかん》を憶《おぼ》えていないのは、きっと飛ばしかたを会得《えとく》しないうちに、次のものに心を奪われてしまったからだろう。

「次のもの」が、竹馬だった。竹とんぼに続いて、父が作ってくれたのである。私たちはこれに熱狂した。奪い合うようにして乗り回った。

写真は、そんな子供たちの姿を面白がって、父が撮ったものである。自分が引き起こした大騒ぎに、心の中でニッコリと頷《うなず》いていたのかもしれない。

「チチは、ああ見えて、すっごく子煩悩《ぼんのう》だったよね」

滅多に帰ってはこなかったが、帰ると必ず、子供たちを巻き込んで何かをしたがった父を思い出してそう言うと、「そうかしら」と、母が首を傾《かし》げた。

「私と顔を合わせるのが気詰まりだったんじゃないかしら」

なるほど、だから、父と何かした記憶のどこにも、母の姿がないのかもしれない。

兄妹で酷使したからだろう。竹馬は、あまり上達しないうちに壊れてしまった。父がいれば、きっとすぐに直してくれただろう。竹馬は二度と元通りにならず、私たちも竹馬名人になれなかったところをみると、そのあと、父は長いこと家を留守にしていたらしい。私たちが竹馬のことを忘れてしまうくらい長いこと……。

竹とんぼと竹馬は、楽しく不思議な一日の記憶として、心に残っている。父が子供を遊ばせるために何かを作ったのは、あれが最初で最後ではなかったろうか。といって、父が不器用だったり、面倒くさがり屋だったというわけではない。父は器用な人だった。実用の人というべきか。家事でも大工仕事でも、お金の計算以外なら、たいていのことは上手にこなした。

いちど、下の兄が、図工の宿題で悪戦苦闘していたとき、父が面白半分に手伝ったことがあった。ビニールの紐《ひも》で何か作れという宿題ではなかったろうか。父がたちまち小さな可愛《かわい》い椅子《いす》を作った。黒い針金の枠に、緑のビニール線が、ピチッと寸分の狂いもなく編み込まれている。そのまま、人形の椅子として売れそうな完成度だった。

「だめだよ、チチさん。こんなにうまくできてちゃ、先生に疑われちゃうよ」

と、結局「手伝い」にはならなかったように思う。

ものを自分で作るのが好きだったせいか、「できあい」品に凝るということは、あまりなかった。美術品とか骨董《こっとう》とか、時計とかカメラとか、「あれが欲しい」と身をよじるようにしている姿は一度も見たことがない。もっとも、濫費《らんぴ》の大王様なのであるから、本当に欲しいと思ったら、身をよじる前に買ってしまっているだろう。

だが、家はあばら家、庭木は茂りっぱなし、その中を、子供たちと犬猫が、泥だらけになって駆けずり回っているのである。「李朝《りちょう》の壺《つぼ》でもなでまわして、古人の夢に思いを馳《は》せたい」なんて望むことに、どれだけの意味があったろう。

子供たちにも、できあいのものをあてがうことはなかった。つまり、子供のオモチャは、庭、泥、石、花、虫……、自然がいちばん。人形やままごとの道具など、いっさい買ってもらえなかった。

父のお供で近くの街に買いだしに出掛けると、帰りのバスの窓から、オモチャ屋さんのショーウィンドーが見える。色とりどりのオモチャは、ぴかぴかと華やかで楽しそうで、ああいうものをいっぺんでいいから持ってみたいというのが、私の願いだった。

けれども、父にそういうおねだりはできなかった。父は子供と遊んだり笑ったりするのが大好きだったが、一方で、いつも嵐《あらし》をはらんでいる人でもあった。どこに逆鱗《げきりん》を秘めているかわからない。子供心に、そんな父が怖くてならなかった。ただひとつだけ、ちゃんとしたオモチャがあって、そのおかげで私たちは救われていた。

積み木である。父が念入りに選んだのだろうか、それとも誰かに作らせたのだろうか。みっしりと重い、無垢《むく》の木でできた立派な積み木だった。四角、三角、長方形などがあって、順番さえ間違えなければ、一辺が三、四十センチほどの真四角の箱の中にピッタリとおさまる仕掛けになっていた。積み木の詰まった箱は、大きな四角い塊だった。子供一人では持ち上げられないくらい重い。

その積み木を、背の高さよりも高く積んで遊んだ。建造物は、建設途中で毎度、大音響を発して倒壊し、うっかりその部材の一片に直撃でもされようものなら、涙が出るほど痛かった。だが、その迫力が楽しくて、部屋いっぱいに並べて、将棋倒しをすることもあった。

ときどきは、夢の家を作って、そこに着せ替え人形を住まわせた。本物の人形は買ってもらえなかったが、安い紙の着せ替え人形なら、お小遣いの中でなんとかまかなえたのだ。

積み木は、子供たちの手垢《てあか》で薄汚れていた。しかし、まるみを帯びた角と、すべすべと滑らかな表面が、ずっしりとした重みとともに、なんともいえぬ安心感を手のひらに与えてくれた。確かさのようなものが、重さのなかに感じられた。

その積み木は、しかし、いつの間にか私たちの前から消えていた。私たちが学校に行っている間に、母が親戚《しんせき》に譲ってしまったらしい。別れを告げる暇もなかった。というより、積み木がなくなっていたこと自体に長いこと気がつかなかった。

「あれは、どこへやったの？」

と、母に訊《き》いたのは、甥《おい》や姪《めい》ができてからである。

甥や姪にも同じようなものを持たせてやりたいと思ったが、市販の積み木のほとんどは色とりどりのプラスチックで、たまに木製のものがあっても、赤、青、黄色と表面がピカピカにコーティングされている。輸入玩具《がんぐ》のなかに、やっと彩色のほどこされていない、無垢の積み木を探し当てた。しかし、幼児の体に合わせてだろう。ひとつひとつが、思うものよりずっと小ぶりで、ずっと軽い。丸や円柱形など、私たちの積み木箱には入っていなかった形も揃《そろ》っていて、楽しそうといえば楽しそうだったが、何だか違う気がしてならなかった。これは、安全で美しいオモチャである。私たちが持っていたのは、オモチャを超えた何か、ちょっと意地悪で扱いにくい、でも頑丈な、「道具」のようなものではなかったか。

兄や妹と、ああでもないこうでもないとみんなで知恵をしぼりながら「お片づけ」した日を思い出す。三角と三角、長四角と長四角。長さを合わせ、横幅を考えながら箱にしまわなければ、かならず何個か箱からはみ出してしまう。すべてがおさまるべき場所におさまり、ピシリと蓋《ふた》を置くことができたときの、ささやかな達成感。最後に、あの蓋を閉めたのはいつだったろう。もう二度と積み木で遊ぶことはないと、そのとき知っていたのだろうか。

何にでも最後の時はある。子供はそうした小さな「卒業」をいくつも経験して、大人になっていく。そうした卒業に、式はない。証書も出ない。ずっとあとになって、ふと振り返ってみたとき、「ああ、いつの間にか卒業していたんだな」と気づくだけである。

オモチャに限らず、わが家にあるものは、たいてい父が見立てた。

とくに台所用品、食器の類《たぐ》いが好きだった。割れたり欠けたりして、買い替えたものもあるが、いまだにその多くを毎日のように使っている。

「さすがにお父様ねぇ」と、取り出すたびにほれぼれする器があるし、目利《き》きから「これ、魯山人《ろさんじん》ですか？」と、尋ねられた皿もある。その一方で、「どうして、こんなの買ったのかしらねぇ」と、処分に困るものもザクザクと残っている。

わが家は客が多かった。人をたくさん集め、手料理でもてなし、浮かれ騒ぐのが、父の楽しみだった。たいていは酔っ払いであるから、器はそう上等でなくてもいい。しかし、数はいる。というわけで、宴会用に、同じ皿を十個も二十個も買いこんでいた。

自分の作った料理を人に食べさせ、「うまい！」とほころぶ顔を見る。それが父にとっての無上の喜びだったのではないか。

いや、「うまい！」と言う人はいなくても、ただ作る、それだけで父は十分に幸せだったのかもしれない。

旅には料理セットを持参した。少し長い旅になると、卓上コンロや三つ重ねの鍋《なべ》なども持っていったが、かならず持ち歩いていたのは、小ぶりのまな板とやはり小さめの包丁だった。

包丁は刃の先が三分の一ほど欠けていた。柄も朽ちてはずれかけていた。それを丁寧に研ぎあげ、柄も上手に張りあわせて、紐でしっかり巻いて固定し、長いこと愛用していた。欠けた刃の形に合うようにと、ボール紙でキャップも作っていたから、よっぽど使い勝手がよかったのだろう。

家では、父は自分のことを元帥《げんすい》と称し、母を参謀、子供たちのことを三等兵と呼んで、しばしば料理を手伝わせていた。三等兵がまかされるのは、ごくつまらないことである。たとえば、元帥がゴマやトロロに当たるときの、すり鉢押さえ。

これが本当に退屈だった。何しろ、ただ押さえているだけなのである。ほかの仕事、たとえばカツオ節を削るのであれば、少しずつ下の引き出しの中にオカカが溜《た》まっていく様子を確認するという楽しみがある。だが、すり鉢を押さえているだけの身には、何の喜びもない。悪いことに、父の料理には、なぜか必ずすり鉢を使うシーンが登場するのである。

その、小さい頃、うんざりする思いでグルグル回るのを見ていたすりこ木が、実は父の作ったものであるという。

「ここの家に越してくる前にね、庭のトネリコだったかしら、木の枝をおろして……」

と母は言うから、もう五十年以上も昔の話である。

あらためてすりこ木を見てみる。父が使いやすいようにと工夫したのか、それとも長年繰り返し使っているうちにそんな風になってしまったのか、握りの部分が、ほんの少し「く」の字型にまがっている。

「最初はもっと、ずっと長かったんでしょうけどね。使っているうちに十センチは短くなっちゃったわね、きっと」

上のほうは、細く平らになっていて、穴があいており、壁に吊《つ》り下げられるように紐が通してある。この紐も、相当に年季が入っている風だが、父がつけたものかどうかは不明。

中華鍋の持ち手も、父が手ごろな木を削って継いだものである。

父は料理人が使う「ホンモノ」の鍋を好んだ。しかし、ホンモノはそうたやすく素人《しろうと》には与《くみ》しない。中華鍋の柄は短く、おまけに鍋と同じ素材でできているので、すぐに熱をもってしまって、扱いにくいことこの上ない。

そこで、父が丈夫な木を選って、ピッタリの大きさに削り、鉄の柄の中に埋め込んで継ぎ足した。ほんとうに丁寧な仕事であったらしく、父の死後、四半世紀が過ぎた今も、中華鍋はバリバリの現役で活躍している。

この鍋で、これまたうんざりするほどタマネギを炒《いた》めさせられたものである。父の継いだ持ち手の黒ずんだ部分には、私の汗と涙も染《し》み込んでいるに違いない。

ふと、可笑《おか》しくなった。

そういえば、山の家に新しい台所道具を揃えるときに、まっさきに買ったのが、すり鉢とすりこ木、そして木の柄のついた中華鍋だったことを思い出したのである。

買い物につきあってくれた兄嫁が、はたでそれを見ていて、面白がった。

「へぇー、変わったもの買うのねぇ。私だったら、なかなかそういうもの買おうって思いつかないけど」

あんなにうんざりしながら、すり鉢を押さえていたのに……。タマネギを炒めていたのに……。

父は亡《な》くなり、家は解かれた。

だが、父の選んだもの、父の作ったものはいまだに暮らしの中に生き続けている。そうしたものを通じて、父の魂のいくばくかが、私の中にも息づき始めているのかもしれない。

父がいちばん愛したのは「生活すること」。父の遺《のこ》したものたちは、そう私に語りかけているような気がする。

モノは限りなく増殖する

絨毯《じゅうたん》、こわい

昔、「絨毯の間」と呼ばれる部屋があった。下の兄と私と妹は、その絨毯の上に布《ふ》団《とん》を三つ並べて寝ていた。

「絨毯の間」などという仰々しい名が付いてはいたが、そこは隙間《すきま》風が吹き込む、暗く、冷たい、粗末な部屋だった。絨毯そのものも、すり切れ、色褪《あ》せた、古いペラペラのボロ絨毯だった。

「でも、あれは、おばあちゃんが上海《シャンハイ》からわざわざ持って帰ってきた、それなりに立派なものだったのよ」

と、母は言う。そういえば、辛うじて残っていた赤い色が、複雑な紋様を描いていたような気もするが、現物が処分され祖母もいない今、昔日《せきじつ》の栄光を知るよすがはどこにもない。

そんな昔の絨毯のことをふと思い出したのは、今の私が「絨毯、こわい」といっていいほど、絨毯に「弱い」からである。

一体どうしたわけで「弱い」のか、これがまるで分からない。高級品一般に「弱い」というのなら解《げ》せるが、高級品にはむしろ「強い」。ブランドにも、貴金属にも、骨董《こっとう》にもほとんど興味がないし、さる人の紹介により、決して値引きをしない商品が半額になるといわれても、頑《かたく》なに振り切って、何も買わずに帰ってくることができる。

ただ一点、絨毯だけに「弱い」のである。

この弱さがはじめて露呈したのは、シンガポールでだった。

ヴィトンにもグッチにもフェラガモにも目もくれず歩いていた私が、なぜか絨毯屋さんで引っ掛かった。涼みに入ったつもりだったのに、花瓶紋様のペルシャ絨毯を見た途端に、その場から離れられなくなってしまったのだ。

なんて美しい色だろう。なんて繊細に織られているのだろう。

そんなに大きな絨毯ではなかった。ちょうど、イスラム教徒が礼拝のときに地べたに敷いて使うくらいの大きさである。アラブ人の店主が、その絨毯をあっちに向けたり、こっちに向けたりして、光の加減によって花びらの色の濃淡が変わる様子を私に見せる。「絹だからね」と店主は言った。そしてクルリと裏返して、今度は織り目の細かさを自賛した。

溜《た》め息《いき》が出た。欲しい。しかし、高い。

高いものを私の一存だけで買う勇気はない。だいたい、高いものなど買ったことがない。

「母親と相談してからまた来ます」と言って、店を出た。母親は、東京である。本当に母親と相談したかったわけではない。少し、頭を冷やす時間が欲しかったのである。けれども、頭はなかなか冷えてくれなかった。それから三回もその店に通ってしまった。三度目にシンガポールの高層ホテルのてっぺんから飛び降りるくらいの決意をして、とうとう絨毯を買った。

しかし、母親はこの買い物を喜んではくれなかった。意気揚々と家に持ち帰り、家族の前で、「とくとご覧《ろう》じろ」とばかりに包みを開いて見せたのだが、クルクルと広がった絨毯の最後に出てきた部分に、どうしたわけか縁飾りが付いていなかったのだ。一家で、大騒ぎとなった。どうしてだろう。シンガポールでは確かに両端に付いていたはずなのに。

片方だけ縁飾りのない絨毯というのは、床に置くと間が抜けている。

「壁掛けにするんじゃないの」と、友人に言われ、早速壁に掛けてみたが、房が下がるように掛けると、花瓶の柄が逆さまになってしまい、これもまた間が抜けている。結局、一大決心の末に買った絨毯は、縁飾りのないほうをソファで隠し、応接間の目立たないところに置かれることになった。

しかし、そんなことで懲《こ》りる私ではない。懲りるどころか、その一件で絨毯への執着がいや増してしまった。

好きなのは、暖炉の火に照らされて、赤い色がさらに温かみのある色に輝く絨毯である。ゴロリと寝そべって、暖炉の明かりで本を読む。大きさはそのくらいあればいい。暖炉などないが、絨毯は欲しい。

そう思っていたところ、あるバーゲン会場で、私の好みを絵に描いたような絨毯を見つけてしまった。シンガポール絨毯に負けず劣らず美しく、負けず劣らずいい値段である。

次の仕事が差し迫っており、わずか五分しかその場にいられない。足はいったん店を出かかったが、また強大な力に引き戻された。買うっきゃない。買うっきゃない。

何かに追い立てられるように、私はその絨毯を買った。

絨毯は完璧《かんぺき》だった。縁飾りもきちんと両方に付いていた。家族も手放しで褒めてくれた。

私は自分の決断力が誇らしかった。

しかし、それから三日後。母のけたたましい叫び声で目が覚めた。

「あなた、ザボンを応接間にいれた？　絨毯にオシッコしてるみたいよ」

ザボンというのは、猫の名前である。公園で長いこと野良《のら》をやっていたのを、先年この冬は越せまいと情けを掛けて拾ってやったのだが、隙をうかがっては恩をこうしたアダで返してくる。

私は逆上して絨毯を引っ摑《つか》み、風呂場《ふろば》に駆け込んで、水をザーザーかけて洗った。するとどうだろう。青い染料がどんどん溶け出して、赤い絨毯が青く染まり始めたのである。後悔したときはすでに遅く、三分の一が、見る影もない、まだら模様と成り果てていた。

結局、その絨毯も、応接間のソファの下に眠る運命を辿《たど》った。

最近、友達がピアノを買った。立派なグランドピアノを持っているのに、その横に練習用の消音ピアノを買ったのである。

「でもね、安いもんだと思うの、絨毯を買うことを思えばね」

友達は私の顔を見ながら言った。

私は悲しかった。

モノものがたり

結婚祝い、赤ちゃんの誕生祝い……、もろもろの祝い事が一段落してヤレヤレと思ったのもつかの間、この頃は「新築祝い」に呼ばれるようになった。

私たちぐらいの年齢になると、どのくらい出世できるか、できないか、おおよその見当がつくようになるものらしい。家族構成は固まったし、貯《たくわ》えもちょっぴりだができた。ローンを組むなら今か……と、年来の夢を振り払い、身の程にふさわしい家を持つ決意をするに至るのだろう。

普請《ふしん》の様子を尋ねれば、「狭いのよ」「安いのよ」「悲しくなるのよ」と、あっちでもこっちでも、盛大な溜め息とともに、とめどもない愚痴を聞くことになる。しかし、嘆くほうも、嘆かれるほうも、実は出来上がりを楽しみに待っているのだ。

先日は、高校時代の友人の新築祝いをした。「祝い」というのは名目だけで、実質的には昔の仲間がうち揃《そろ》っての「視察」である。

「えーっ、だってまだ引っ越したばかりなんだもの、もうちょっと待ってよ」

と、主役は恐れおののくが、

「とりあえず、見せちゃったほうがいいの。グズグズしてたら、散らかるばっかりなんだから」

と、強引に説き伏せる。

その友人が整理整頓《せいとん》が苦手であることはみんな知っていた。「その友人」だけではない。私も含めた当時の仲間みんなが、「捨てられない、片付けられない、見せられない」という、三重苦を背負っているのだ。

「今だったら『まだ、片付いてないの』で済ませられるわよ」

と、私は友を励ました。それは、心からの言葉である。

私の部屋も、「まだ、片付いてない」。しかし、築二十年を過ぎているのに「まだ片付いてない」部屋は、いくら気の置けない友人といえども、見せるわけにはいかないのだ。

世の中には、不思議なことにいつ訪ねてもキチンと片付いている家がある。

「出したものをしまえばいいだけのことでしょ」と、片付け上手はこともなげに言う。だけど、「もの」はどんどん増える。新聞、雑誌、本、郵便物。いい記事だから暇なときにスクラップしておこう、いつか読もう、返事を書かなくちゃ……そう思っているうちに、あっという間に部屋はモノに席巻されてゆく。

箱、リボン、紙袋、包装紙。あら、綺麗《きれい》、捨てるのはもったいない。取っておいて何かに使おう……。たちまちどこもかしこも「何かに使える」モノでいっぱいになり、「ここぞ」と思うときに、使いたいモノは絶対に出てこない。

洋服だって、靴だってそうである。毎度、欲しいと思って買っているはずなのに、いざとなると「着たい服」「履きたい靴」が一つも見つからないのはなぜだろう。

「洋服はね、一着買いたいと思ったら、まず、一着捨てなくっちゃ」

これも、家を綺麗にしている人のお言葉。

それを聞いて私は発奮し、あるとき大判のポリ袋いっぱいの服を捨てる決意をした。

「これ、ゴミの日に出しておいてね」

と、母に頼み、さっぱりした気分で仕事に出掛ける。

しかし何週間か後、捨てたはずの服を母が着ていることを発見して、愕然《がくぜん》とした。似合えば問題はないのだが、似合わない。シミ、ほつれ、虫食いありの、流行遅れである。年寄りが着れば、たちまち哀愁が漂う。

「だって、もったいないじゃないの」

と、大正生まれの母は言う。

確かにもったいない。しかし、今はモノよりも、むしろそれを置くスペースのほうが「もったいない」時代なのである。

部屋を占拠している服の山を眺めて、私は毎日溜め息をついている。これさえなければここは「私の部屋」なのに。音楽を聴いたり、本を読んだり、ストレッチ体操をしたり、充実した時間が送れるだろうに。

「いいんですか、ウォーク・イン・クロゼットにしなくて」と、この部屋をつくったとき、建築家の女性アシスタントから、何度も念を押された。

「フミさんは女優でしょ。私だって、もっと大きなクロゼットを持ってますよ」

しかし、私はひろびろとした空間のほうを優先した。部屋をモノの犠牲にすることはない。洋服なんて最小限でいいのだ。

だが、いま、部屋はまるごとウォーク・イン・クロゼットになってしまっている。

さて、くだんの友人である。マンション暮らしをしていたときには、「お手洗い貸して」と通り掛かりに寄ると、「お手洗いだけよ。ほかのところをのぞいちゃダメよ」と、全身針ネズミのようになって玄関先に立ち塞《ふさ》がっていたものだが、新しい家によって気持ちまでも清められたらしい。「これからは、いつ来てもいいわよ」なんて、おおらかなことをおっしゃる。「えーっ」と、みんなで驚きの声をあげると、慌《あわ》てて「通すのは居間だけよ」と釘《くぎ》を刺した。

「居間には、これからも何にも置かないことにしたから」

「何にも置いてない」のが自慢の居間を、ぐるりと眺めてみる。新造り付けの棚には、学生時代からの収集品、ブタの置物がズラリと並んでいる。新しい家になって、初めて日の目を見たというが、すでに棚からはみ出しそうである。そうだ、この一家は収集癖があるのだったと思い出した。ご主人はカメラと骨董《こっとう》を、息子は一升瓶の栓、娘はよろず可愛《かわい》いものを集めている。そのうえ、一家で本好き、漫画好き、ビデオ好きである。借りるだけでは飽き足らず、好きなものは買う。持っているモノに合わせて収納をつくったというが、これから増えるモノはどうするのだろう。

「お呼ばれはこれが最初で最後」。そう覚悟して、私たちは祝いの杯をあげた。

一升瓶が一本空いて、息子さんの収集品がまた一つ増えた。

適材適所

「いま京都で『山内一豊《かずとよ》の妻』を演《や》ってるの」

そう言ったら、若い友人に「それ誰ですかぁ？」と訊《き》かれた。こういう、世代のギャップには、いつものけぞってしまう。

たわむれに、「あなたが小さいころ、すっごく有名だった野球の選手よ」と言ったら、若い人は「ふぅん……」と、ほんの一瞬考えてから、私の表情を読んで、たちまちふくれた。

「もーぉ、からかわないでください！」

しかし、知らないのは若者だけではないらしい。私たちの世代だって、相当あやしい。

「ウチのおじいちゃんがねェ、その人の息子かなんかと知り合いだったみたいよ」

と、高校の同級生が言うのを聞いて、思わず吹き出してしまった。

「ほーぉ、アンタのじいちゃんは、江戸時代の人なのかね」

そう、「山内一豊」とは、安土桃山から江戸にかけての人なのである。実を言うと、かく言う私も、ドラマのために本を読んで、はじめて知ったのだ。

……というわけで、京都に来ている。東京と行ったり来たりするのは大変だが、ロケなどに出ると、さすがと感心することが多い。

たとえば、何年か前に、東京で室町時代のドラマを撮ったことがあったが、私は一年間、一度もロケに出なかった。東京近郊にロケ地を求めて何時間もバスに揺られるより、多少ちゃちでもセットを作ったほうが効率的だからである。

しかし、京都では、撮影所からほんの二、三十分のところに、電柱のない山の小道がある。室町時代から続く、寺社がある。ふた山ほど越えれば、ほんものの武家屋敷がある。

京都の人が「先のいくさで、ええもんはみんな焼けてしまいました」と言うと、「いくさ」とは「応仁の乱」だったりするという笑い話を聞いたことがあるが、「なるほどなあ」と深く納得するのである。

さて、そのふた山ほど越えた武家屋敷には、けやきの門がついていた。門扉《もんぴ》を、内側から閂《かんぬき》でさしかためる方式の、立派なご門である。

「かいもーん！」という掛け声で、何人がかりかで閂をはずす。ギイと軋《きし》む音も厳かに扉が開く。裃《かみしも》に刀をつけたその家の主人が、供を何人も従えて、帰ってくる。

そんな一シーンがいかにも似つかわしい門だったが、いまは老夫婦と犬が一匹、ひっそりと暮らしているだけである。滅多に「開門」することもないらしい。この門をもっぱら利用しているのは、ひさしの下に巣くっている燕《つばめ》と、撮影隊ぐらいなものだろう。

そういえば、いつだったか、日本に来たばかりのフランス人を案内して、鎌倉に行ったことがあった。いや、案内されたのは私のほうだったのかもしれない。「古い家具を売っているところがある」と、店の名も所番地も、みんなその人が知っていた。私はただ日本語の住所を読んであげればよかっただけである。

行き着いた骨董家具の店は鎌倉の、知る人ぞ知る奥深くにあった。古い田舎家をほどいて移築したのだろう。店自体も骨董の趣がある。

あわよくば私もと思って、キョロキョロと手ごろなものを探したが、屏風《びょうぶ》、箪笥《たんす》、箱階段……、どれを見ても堂々と大きすぎて、高い。

うだ。

「日本はね、庶民はあんまり家具を持っていなかったんですよ。もの持ちはみなお大《だい》尽《じん》。大きな家に住んでいるから、自然、置いてあるものも大きくなる」

店のご主人が言った。小ぶりで上等な家具というのは、希少価値でまた高いのだそうだ。


連れは、あまり迷わずに、けやきの大板を買った。金具を外してあるから、それとは見えないが、どうも古い門扉であるらしい。

「何にするの？」と訊くと、これに脚を付け、テーブルにすると言う。

「そういう外人さん多いんですよ」と、またご主人が言った。

外敵から家を守る門扉であるから、ぶ厚く、丈夫な無垢《むく》の板でできている。長年の風雪に耐えた木目が美しい。傷跡も楽しい。そのまま、立派なテーブルの天板となる。

歴史を見つめ、人を見つめ、家を守ってきた誇り高い門扉が、これからは、お皿やお鍋《なべ》や食べ物を載せるのか……と、少々気の毒ではあったが、そうでもなければ薪《まき》になっていたのかもしれない。

欧米人は古いものが好きである。

何よりも感心するのは、宝物としてそれをしまいこんでしまうのではなく、使うことに喜びを見い出すところである。日本の古いものを、思いがけないところで上手に使いこなしていて、こちらが勉強させてもらうことも、ままある。

『エドとハル』という、ライシャワー元アメリカ大使夫妻の物語を、ロサンゼルスで撮影したことがある。

お二人が日本で知り合われたころの話である。アメリカの一般住宅を借りて撮影してはいるが、そこは日本という設定。家の中には、要所要所に日本のものが飾られていた。壺《つぼ》、書、人形……。

なかでも、美しい螺鈿《らでん》のほどこしてある、漆塗りの茶箪笥が目をひいた。玄関わきで、ひときわ輝いている。

こんな上等なものを、なぜ玄関わきなどに置いているのだろう。

何が入っているのかしらと、ふと興味を持って、茶箪笥の引戸を開けてみて、大笑いしてしまった。棚の上に鎮座ましましていたのは、泥のついた靴だったのだ。

何事かと、監督が私のところに寄って来た。監督はアメリカ人である。日本通を自任している。私が笑いながら事情を説明すると、監督は苦り切った顔で、助手を呼んで言った。

「こんなところに、靴なんか入れちゃダメじゃないか。日本人が、冷蔵庫に靴をしまったらおかしいだろ。それと同じことだ」

それとはちょっと違うような気がしたが、私は神妙な顔をして黙っていた。

新しい人生

みんながみんな「愛」ゆえに結婚するわけではない。独身者として、長年にわたって冷静な観察を続けてきた結果、そんな確信を抱くに至った。

もちろん「もう、かたときも離れていたくないの！」と、周囲の大反対を押し切って、若くして嫁いだ友人もいる。それこそ「命がけの恋」、「真実の愛」だったろう。友達のなかでは、彼女が結婚第一号である。しかし不幸にして、離婚第一号にもなってしまった。「可愛さ余って憎さが百倍」というけれど、煩雑《はんざつ》な離婚手続きに向かうエネルギーは、そのくらい愛した者でなければ、生まれてこないのかもしれない。

ほかの友人の結婚は、それに比べると純粋とはいいがたい。「時の勢い」「ことの成り行き」「親からの圧力」「世間体」など、もろもろの条件が一つでも欠けたら、結婚にまで至ったかどうか、怪しいものである。

「新生活への憧《あこが》れ」だけで結婚したオンナもいた。新婚旅行先で買う洋食器、カーテンとお揃《そろ》いの花柄のベッドカバー、ウエディングドレス姿の写真を飾る陶製のフレーム……。彼女の場合、そういった幸せの小道具のほうが、ダンナよりもずっと先に決まっていたような気がする。

彼女だけではない。小道具抜きに結婚しろと言われたら、結婚に憧れるオンナの数は、半減するのではないだろうか。

第一号の愛を「純粋」と言ったのは「いっしょにいられるだけでいい」と、結婚の際、いっさいの小道具をあきらめ、ある物を持ち寄ってとりあえずの生活を始めたからである。

しかし、それが離婚の遠因でないと、誰が言い切れるだろう。花嫁の意識下に、なんだか新生活をまっとうしていないような気持ちがいつも渦巻いていて、やがてはすべてが不快に感じられるようになる……。なにしろ、おままごとセットで遊んだその昔から、女はモノで自立する訓練を積んでいるのだから。

私はおままごとセットを買ってもらえなかった。だからかどうか、おままごとが嫌いな女の子だった。しかし、「モノで自立したい」という気持ちは人並みにある。人並みどころか、トシを重ねれば重ねるほど、その思いは強くなる。

例えば、シーツにおいて私は自立したい。何十年となく我が家において使い続けられている、ところどころほつれ、穴さえあいたシーツ。こういうものと、キレイに別れたい。自立したあかつきには、厚手、大判、平織りの、真っ白な綿のシーツを、リネン類戸棚に整然と重ねるのだ。

スプーンにおいても、しかりである。ウチの食器棚の引き出しには、山ほどのスプーンがある。しかし、四人以上のお客さまがいらしたときに、揃いのスプーンでお茶を出そうとすると、探すのに苦労する。なぜかみんな、色も形も大きさもまちまちなのである。

最低、六つだわ……と、私は思う。揃いの食器、揃いのナイフとフォーク、揃いのナプキン。「私の」食器棚には、そういったものを行儀よく並べるのだ。

だから私は、山に家を持つことになったとき、これは「結婚」だ、と思った。「愛」こそはないものの、憧れの「新しい生活」がある。モノにおいて自立できる。

オーストラリアで仕事をした際、そのギャラをはたいて食器セットを買った。山の家に置くのである。アメリカではスーツケースがはち切れるほど、タオルを買った。暇さえあれば、近くのお店に飛び込んだ。シーツやスプーンはもちろんのこと、ちりとりやほうき、バケツに至るまで、こだわった。楽しい。こんなに心が浮き立つことがあるだろうか。

しかし、ある日のこと。ふと見ると、我が家の玄関に、薄汚れた古道具が山のように積んである。お相撲さんのシコ名入りの湯呑《の》みとか、銀行からもらったお皿とか、物置の奥から引っ張り出してきたようなものも、無造作に重ねられている。今日は粗大ゴミの収集日だったかしら、それとも不用品のバザーかしらと不審に思い、母に訊《たず》ねると、「あら、お山の家に持って行くのよ」と、当然のことのように言う。

私は泣いた。どうして泣かずにいられよう。

「これは、私の嫁入りよ！　嫁に行く娘にこんなもの持たせる親がある!?」

だが、ホンモノの嫁入りではない哀《かな》しさ。結局は母に押し切られ、新生活は我が家のお古で始まることになった。まあ、「新生活」をともにする相手も、「旧生活」と同じく母なのだもの、仕方ないといえば、仕方ない。

「あなたは結婚という言葉に、どんな印象を持っていますか」

新聞のそんな世論調査に、二十代の女性の多くが、「新しい人生」と、希望を持って答えていた。「忍耐」という言葉が目立つ四十代以降とは、対照的である。

「新しい人生」……。ひょっとして、それは「新しい」モノに囲まれた「人生」のことかもしれない。新しい家、新しい家具、新しい食器、新しい雑巾《ぞうきん》……。結婚とともに、モノが自分好みに一新されるというのは、実はオンナにとって、非常に大切なことなのではないだろうか。

しかし幸せは長くは続かない。

実家から、古いソファを押しつけられる。夫は、高校時代から愛用の学習机を手放さない。子供たちは、そこらじゅうにベタベタとシールを貼《は》り付ける。親しい人から、趣味の悪いホウロウ鍋を贈られる。

六つ揃いで買ったはずのスプーンも、一つ消え二つ消え、その度に買い足したり、人からいただいたりで、いつの間にかバラバラになってしまう。

ふと気がつくと、自分好みではないモノに取り囲まれている。夢見た生活とはまったく違うところにいる。しかし、それほど居心地が悪いというわけでもない。

「忍耐」とは、そういった、年月を経た末に辿《たど》り着く、悟りの境地のことなのだろうか。

あたりはずれ

おしなべて「動くモノ」について、アタリが悪い。

まず腕時計である。

もちろん買いたては、何の問題もない。確実に時を刻んでくれる。しかし、「うん、なかなかいいじゃないの」と、見慣れ、つけ慣れ、やっと愛着がわいてきたころ、必ず、ぐずり始める。そのタイミングは、いつもはかったように「保証期間が終わるころ」である。

あるとき、さるお方から素晴らしい時計をいただいた。小さな容《い》れ物の中に精緻《せいち》の限りがつくされているのだろう。正確無比。デザインも秀逸。

無精な私にとっての最大のネックは電池交換で、時計屋さんに行くのを「ついうっかり」しているうちに、一年二年がすぐにたってしまうのだが、いただいたスイス製の時計は、自動巻きである。電池切れの心配がない。

中学生になってこのかた、いくつも時計を持ち、いくつもダメにしてきたが、とうとう「最後の時計」にめぐりあったのである。死ぬまで大切に使おう。死んだら形見に誰かに持ってもらおう。

そう思って、見慣れ、つけ慣れ、愛着がわいてきたところ……、あろうことか、なくしてしまった。

男と女の仲だったら、「縁がなかったのね」で、済ませられるかもしれないが、「最後の時計」はそういうわけにはいかない。未練たらたら、どうしてもあきらめきれず、探しに探して、ある日、香港《ホンコン》でやっと同じものを手に入れた。

ところが、数日たって気がついた。その時計、いただいたものと同じであるはずなのに、同じではない。はなはだしく遅れるのである。進むのだったらまだしも、遅れる時計にはどうしても信頼がおけない。

結局私は、死ぬまで「最後の時計」とは、めぐりあえないのではないかと思う。

時計より寿命の短い電気器具、さらに精巧な電子機器となると、アタリは絶望的である。「フミに、電気製品は買わせるな」というのが、家族の合言葉ともなっている。

実に、「ごもっとも」であるが、そう言う家族には決断力、行動力がまったくない。優柔不断な私に輪をかけて決められないから、まかせているといつまでたってもモノは揃わない。しかたなく、私が「えいっ」と、買う。そして、必ず、「ハズレ」を引くのである。

たとえば、山の家のモノは、ほとんど私が買った。コレが、次から次へと壊れる。たまにしか行かず、たまにしか使わないからだとも思うが、それにしても、それほど複雑な仕掛けとも思えない掃除機が、二度も三度も壊れるのはなぜだろう。そんなに壊れると知っていたら、もっと小さくて軽いものにしたのだが、あいにく、丈夫そうだからと、縦型のどっしりしたものを選んでしまった。

だから、重い。東京に修理に持ち帰るたびに、重くて腹が立つ。

無精な私が、そうやって苦労して直してやったにもかかわらず、日を置かずまたぞろゴテ始めるのだもの、ますます腹が立つ。

先日は、掃除の最中に、チリチリと焦《こ》げ臭い匂《にお》いをさせて、突然、煙をふき始めた。

再び重い思いをして車に運び入れ、東京に持って帰ろうとしたら、今度は車が動かない。

三台目にして、やっと当たった文句を言わない車である。三台目の正直だ。車検での買い替えなんて考えず、大事に、乗れる限り乗ろう。乗りつぶそう。そう思って、七年目の春を迎えたところだった。

「トランスミッションは、滅多に壊れなくて、六年までは保証してるんですけどね……」

でも七年目だから修理には数十万円かかると言われて、ギリギリと歯嚙《が》みする。なぜ、数ヵ月前にこの症状を訴えてくれなかったのだ。愛車も、可愛《かわい》さ余って憎さが百倍となる。

そんなこんなのゴタゴタで、掃除機はいまだに修理されず放っておかれている。

それに比べ、東京の我が家の家電類は、健闘しているといえるのではなかろうか。冷蔵庫も洗濯機も、ぐずぐずと不満は漏らしているが、それでも二十年近くを永らえてきたのだから、立派である。

しかし、さすがにもうこれ以上は働けませんと、洗濯機がネを上げた。冷蔵庫も、扉の開け閉めが辛《つら》くなって、久しい。

というわけで、十七年ぶりに、洗濯機を買い替えた。

「フミには選ばせるな」という、暗黙の了解があったはずなのに、カタログはやっぱり私に回ってきて、最終的には私が選んだ。

二槽式から、全自動にした。「楽になるわヨ、便利ヨ」と、私は言った。「幅が狭くなるから、横に洗剤なんかも置けるし……」

新しい洗濯機が来て、確かに洗濯は楽になった。だが、ちっとも便利にはなっていない。洗濯機の幅が狭くなった分だけ奥行きが増し、前にせり出して、目隠しの引き戸が閉まらなくなってしまったのである。別に、目隠しがなくなってしまったって一向に構わないのだが、引き戸の後ろにはたっぷりした引き出しがある。これが閉まらない限り、引き出しの中のものは永久に使えない。

冷蔵庫も注文してはいるのだが、まだ届いていない。

こちらの方も、幅が狭くなる。カタログをいくら当たっても、古いものと同じ幅の冷蔵庫は探し出せなかったのだ。冷蔵庫のサイズに合わせて台所は作られているから、狭くなった分だけ不細工なすき間ができる。そのすき間がイヤだとは思っていたけど、奥行きなどは計ってもみなかった。

今さら計るのも怖くて、ただただ、うまくサイズが合いますように、前に出っ張りませんようにと祈っている。

ついでに、つつがなく働いてくれることを、壊れるならせめて保証期間中であることを、祈ってもいる。

とりあえず……

ドイツと深い縁で結ばれ、ドイツをこよなく愛し、ドイツで暮らしている友達がいる。しかし、皮肉なことにその体型はまったくドイツ向きではない。ドイツの家では、洗面所の鏡には鼻から上しか映らないし、便器に腰掛ければ足が宙に浮いてしまうという。

しかし大和撫子《やまとなでしこ》はあきらめない。なんとかしてドイツ人と同化しよう、見掛けは無理としても、せめてドイツ人の心だけでも理解しようと、日々、努力を怠らない。

あるとき、蚤《のみ》の市で珍しい六角形のテーブルを見つけた。六脚の椅子《いす》付きである。

「みんなガタガタだったの」

と、彼女は言う。

「でも、それをピッカピカに直してくれるお店もあるのよ」

と、すぐドイツ自慢となる。

しかし、六角形のテーブルにピッタリ合うテーブルクロスがなかなか見つからない。「毎週のようにデパートを点検しているのだけれど」と、彼女の頭の中は、もうテーブルクロスのことで一杯になっている。「とりあえず、まるいクロスでもいいんじゃない」なんて言っても、まったく聞く耳を持たない。何しろ、心はドイツ人なのである。「こう」と思ったら、絶対「こう」でなければならないのだ。

その「岩をも徹《とお》す一念」をもってして、友人はある日、とうとう六角形のテーブルクロスを見つけた。何度目かに私が彼女の家を訪れたとき、テーブルには淡いピンクのクロスが掛かっていた。

「ピンクと緑と二色あったから、迷ったんだけど……」

と、彼女は少しく誇らしげである。

「両方持って帰ってみて、実際にこの部屋に合わせてみてから、ピンクに決めたの」

よく、そんなことを店員さんが許してくれたわねぇと、私が驚くと、彼女はますます得意げに言葉を続けた。

「ドイツ人はね、みんなそうやって買うから、店員さんも寛容なの」

ドイツ人が「そうやって買う」のは、どうやら本当に「そう」であるらしい。知り合いのオジサマは、かの地へ何年か留学したことがある。その留学中に、どうしてもタイプライターが必要になった。「欲しい」と思ったら、いま「欲しい」のが、日本人である。だから、さっそく下宿屋のオヤジに、どこで買ったらいいか相談した。

すると、親切なオヤジが、新聞から目を上げて言った。

「よしよし、それでは一緒に見に行ってあげよう」

二人は、街に出た。街で一番大きな店に入り、オヤジが訊《たず》ねる。

「オタクのおすすめのタイプライターはどれかな？」

性能、値段、使い心地、頑丈さ……、店員と侃々諤々《かんかんがくがく》の議論をし、あれこれためつすがめつしたあげく、やっと「コレ」という結論に達したようだった。日本人留学生がホッとして、懐《ふところ》から財布を出そうとすると、「待て待て」と押しとどめられた。

「別の店には、別の店の意見があるかもしれないじゃないか」

留学生は、ふと不吉な予感がしたが、黙ってオヤジの意見に従うことにした。

果たして、二軒目の店でもタイプライターは買わせてもらえなかった。街中の店を回らなくては、オヤジの気が済まなかったのである。だが、おかげで買いたいタイプライターは決まった。値段が一番安い店も分かった。早くも日は暮れかかっている。

「さあ、買いに行きましょう」とオヤジの袖《そで》を引っ張ると、再び「待った」を掛けられた。

「隣の街には、もっと安いのがあるかもしれないじゃないか」

そして、呆然《ぼうぜん》として言葉も出ない青年の肩をポンとたたいて、オヤジは言うのだった。

「ま、来週にでも、見に行こう」

下宿屋へとひた走る車の中で、「いま欲しいのに、今日欲しいのに」と、青年は、ドイツ人に買い物の相談などしてしまった愚かな自分を、ずっと呪《のろ》っていたそうである。

「欲しい」と思ったら、いま「欲しい」から、「とりあえず、ま、これでいっか」というのが、日本人だろうか。

それとも、これは私だけの問題なのかもしれない。とにかく我が家は、その場しのぎに「とりあえず」買ったものであふれている。

「とりあえず」は「とりあえず」なのである。理想はちゃんとある。いずれ、素敵なものを手に入れたいと思っている。しかし、「とりあえず」のものがある限り、いつまでたっても理想には辿《たど》りつけない。

たとえばスタンド。世の中には、秀逸なデザインのスタンドが山ほどあるのを知っている。しかし、私が日々使っているのは、秀逸とはほど遠い代物《しろもの》である。見るたびに情けなくなる。だが、スタンドなんてそうそう壊れるものではない。まだ役に立つものを、捨てるのもしのびない。

そうやって情けをかけながら、グズグズ使っているうちに、突然壊れる。どこをどう叩《たた》いても、電気はつかない。なぜかそういうときに限って、どうしてもスタンドが必要だったりする。で、慌《あわ》てて近所に買いに走る。もちろん、そんなところには「秀逸」はない。だから「とりあえず」安いものを買う。

この、永遠の連鎖なのである。

それでも「いつかは……」と切に思う。いつかはこの手で連鎖を断ちきり、好きなものだけに囲まれて暮らすのだ。

しかし悲しいことに、私は心も身体《からだ》も、ドイツ的なところはいっさい持ち合わせていない。毎週デパートにチェックに行く気力はないし、街中の店を覗《のぞ》いて回る体力もない。

結局、「とりあえず、ま、いっか」と、現状には目をつぶることにしている。

思い出とともに

私は、モノにあまり固執しない。何だか「ワタクシって物欲のない清々《すがすが》しいオンナなのよ」とうぬぼれているように聞こえてしまうかもしれないが、そういうわけでは決してない。あるわけ、ない。悲しいことにモノに対して、愛情のうすい性質《たち》なのだ。

「フミさん、それは不幸なことよ」と、作家の澤地久枝さんから言われた。

澤地さんはむかし、何かが欲しくて（なんだったろう。エルメスのバッグだったか、ショールだったか、そういうモノだったような気がするけど……モノに関心のうすい私はキチンと記憶していない）、欲しくて欲しくて、こんなに欲しいモノを我慢しているのは精神上も、仕事上もよろしくないと、大決心をして買ってしまったことがあったという。そのときの、後ろめたさ。しかし、嬉《うれ》しさ。買ったモノを眺めては微笑《ほほえ》み、手にするたびに心弾ませ、褒められればひそかに誇らしく思う。モノに自分の匂《にお》いがしみつく。モノとともに思い出が残る……。

ヒトでもモノでもいい。何かを大切に思って生きていくことは、すなわち自分自身の人生を大事にするということだ。

……などと、ガラにもなくしみじみ思っているのは、

「玄関のわきには三段ほどの飾り棚を作りましょう。後ろは鏡張りにしますので、何かステキなモノを置いてください」

当然お持ちですよね……という口調で、インテリア・デザイナーに言われたからである。

事務所兼仕事場にしようと、都心に中古のマンションの一室を持ったことについては、前にふれた。そのリフォームをデザイナーと相談していることも、チラリと書いた。しかし、生来のノロマと優柔不断がわざわいして、実は改造計画は遅々として進んでいない。「リフォーム」と口に出してから、いったい何年が過ぎたろう。

そして、「何かステキなモノ」と聞いて、またまた心に重しがのったような気分になった。

このイヤーな、哀《かな》しい気持ち。どこかで経験があるぞ。どこだったろう……。

そうだ、山の家だと、思い出した。

山の家ができたとき、掘り炬燵《ごたつ》のかたわらに、ガラスの引き戸がついた飾り棚を発見した。いや、飾り棚ではなかったのかもしれない。湯のみやお茶の缶を置く、実用的な棚だったのだろう。だが、流しは隣の部屋にあるから、洗ったり片づけたりの便宜上、そこにお茶セットを置くことはない。ならば、それは「飾り棚」と、私は考えた。さて、何を飾ろう。考えても考えても、ちょっと気の利《き》いた、見て楽しめるモノなんて、一つも思い浮かばない。飾り棚は長いこと空っぽだった。

空っぽのまま、七年ほどたったある日、母がそこに、小さな馬の置き物を並べ始めた。通販で買った「世界の馬シリーズ」である。デルフト焼きやら、唐三彩やら、ベネチアングラスやら「世界の逸品を集めました」というのだが、すべてが同じ大きさで揃《そろ》っているところが、どうも胡散《うさん》臭い。

「こういうものはサ」と、私は母に意見した。

「こういうものは、自分の足で一つ一つ買い集めてこそ、飾る喜びがあるってもんでしょ。こういう風に、はじめっから揃ってるものを並べても、楽しくもなんともないじゃない」

私の友達に、外国旅行に行くたびに、その国の紅茶カップを一客ずつ買っていたオンナがいる。

「なんでまとめて買わないのよ」と、始めのうちは少々あきれていた。

海外なんて、そう何べんも出られるものじゃない。独身貴族のうちはいいが、結婚して子供でも産んだ日には、行きたくても行けなくなる。それに、バラバラよりも揃いのカップを持っていたほうが、何となくリッチな感じがするじゃないの。

しかし、案に相違して、彼女は長いこと独身だった。カップがどんどんたまっていくのが気の毒なくらい、独身だった。

その彼女がやっと結婚することになった。

仲間がうち揃って彼女の家にお祝いに集まると、こぼれんばかりの笑みとともに、たくさんの紅茶カップが出てきた。

「どれで飲む？　好きなのを言って」

あ、それはマイセン、あなたらしいわね。これはヘレンド、そっちはジノリ。そういえば、フィレンツェでね、このカップを買おうとしたとき、店員さんにね……。

それは、ちょっと楽しい、そしてちょっぴりねたましいお茶の会だった。ねたましかったのは友達の結婚ではなくて、カップにまつわる思い出の数々だったかもしれない。

飾り棚に置かれるモノは、思い出とともにあるべきだ、と、そのとき私は思った。彼女の海外旅行の思い出のひとつひとつは、新居の飾り棚の、一番いいところに、真っ先に並べられたに違いない。


さて、私である。

それはそれはいっぱい旅行している。海外旅行だけで百回近いかもしれない。

「じゃ、ステキなお土産、いっぱいお持ち帰りでしょ」

と、よく言われるが、それがぜんぜん持ち帰っていないのだな。

モノに対する愛情がうすい上に、実用的でないものは好まないときている。つまり、我が家にゴロゴロしているのは、安い実用品ばかり。

やっと、今ごろになって気がついた。

非実用的なものも、実用的なものと同様に、ヒトには必要不可欠なのである。それが、「うるおい」というものなのだ。飾り棚は、その象徴といってもいい。

山の家で、ズラリと並んだ通販の馬を目にするたび、私は憂鬱《ゆううつ》になる。

しかし、このところの憂鬱は、また別にある。

事務所がリフォームされた暁に、玄関わきの飾り棚をどうすればいいのだろう。置くモノがないから、改造計画は遅々として進んでいない……、というわけではないのだけれど。

ダメだ、捨てられない！

夜、寝る前に、本を読む。

夢の世界に正しく入るための儀式である。

疲れていて、ほんの二、三ページもめくらないうちに、まぶたが落ちるときもある。まるまる一冊読みとおして、夜明かししてしまうこともある。いい本を読みながら眠る幸せは、何ものにもかえがたい。

だから、儀式に用いる本は、選りに選る。百ぺんでも読みたい本。名作との誉れ高い本。趣味の合う友達が薦めてくれた本……。そうした選りに選った本が、いつのまにか枕《まくら》もとに堆積《たいせき》する。掃除のたびに、どうにかしなくてはと思う。といって、百ぺんでも読みたい本を、気軽に処分するわけにはいかない。

布団《ふとん》の足もとには、天井までの本棚がある。なんとかここに押し込めないものだろうか。だが、本棚はすでにいっぱいである。本棚ができたその日から、いっぱいになってしまっているのだ。

本棚ができたとき、私は二十代だった。少しは大人になった。本の趣味も変わっているかもしれない。ためしに一冊手に取ってみる。『チャックより愛をこめて』、黒柳徹子《てつこ》さんのニューヨーク滞在記である。うっすらと積もった埃《ほこり》をそっと指ではらい、黄ばんだページをめくってみる。この本をはじめて読んだときは、まだニューヨークに行ったこともなかった。ハッと気がつくと、読みふけっている。いけない、いけない。この続きは寝る前に読もう。

その隣に目をやる。『ソロモンの指環』。なんだ、アンタこんなところにいたの、捜してたのよォ、と、久々の邂逅《かいこう》が嬉しい。早速、読んでみたいが、いけない、いけない。これも寝る前に読もう。

ざっと、ひとわたり、背表紙を眺める。青春時代にときめきを覚えた小説、自分が出演したドラマの原作、自分が演《や》ってみたかった物語、共演した役者さんが書かれた自伝……。何年も前に亡《な》くなられた、その役者さんのことを思い出して、私はうめいた。

ダメだ、捨てられない！

家を建て直すとき、一万冊近い父の遺《のこ》した本をどうするかが、いちばんの問題となった。「図書館に寄付しようか」という案が出た。このまま家に置いておくよりも、よっぽど有効に利用されるに違いない。新しい家も、スッキリと建つ。

だが、何ものかが、私たちにそうさせなかった。それが何かは説明できない。亡くなった父への感傷かもしれないし、そういった本の背表紙を、自分の一部のように感じていたからかもしれない。

必然的に、本の収納を中心とした設計がなされた。床が抜けないように、基礎はガッチリと打つ。グルリと回廊式の廊下をもうけて、内側をすべて本棚とする。

「毎日のように、本が送られてくるんです」

と、建築家に私は説明した。そのうち半分くらいは処分できるが、残りの半分は処分できない。仕事にどうしても必要なもの、何度でも繰り返し読みたいもの、恩人知人友人が書いたもの、「檀ふみ様、恵存」と、為書《ためが》きがあるもの。すごい勢いで、本は増殖を続けている。

本棚は奥行きを深く取り、二重に本が収められるようにした。本棚の下には、さらに深い収納が設けられた。

だが、すべての本がゆったりと収まるはずだった日々も、長くはなかった。十年たつと、本はヒタヒタと廊下の床を侵し始めた。兄の一家が越してきて、ますます事態は悪くなった。兄夫婦は揃って読書好きである。二人が読みたい本は、我が家の蔵書の中にはないらしく、ヒタヒタ、ヒタヒタ、音をたてながら本は増える。

やっぱり、建て直すしかないわよ。地下室を作って、可動式の書棚を入れましょう。

そう提案するたびに、「誰が、あの膨大な本を、本棚から出して、また入れ直すの？」と、にべもなく否決されてしまう。

改築時には、その作業を母が一人でした。「もう、二度とできないわ」、と満足そうに本棚を眺めながら、自らの労働の偉大さを讃《たた》えていたものだが、確かに母親は偉大であったらしい。

今の家を建てている間、私たちは、小さな貸家に暮らした。本は、すべて段ボール箱に収めて、倉庫に預けていたから、生まれて初めて、本に埋もれない暮らしを体験した。

セイセイしてよかった……と言ってみたいが、実は、その一年間、何か、非常に大きなものが欠落しているような気がしてならなかった。

本が与えてくれるエネルギー、あるいは背表紙が放つオーラといえばいいだろうか。

思えば、私はいつもそういうものに包まれていた。

子供部屋には、日本文学全集が置いてあった。我が家は、少しでもあいている場所には、本棚が押しこまれるのが決まりとなっていたのである。

凡庸な小学生の私に、日本文学全集など用はない。しかし、ベッドに横になれば、自然と本の背表紙が目に入る。堀辰雄《たつお》『風立ちぬ』『菜穂子』『聖家族』……素敵な題名だな、どんな話だろう。自分の中に漠然とわくイメージがある。そうしたイメージを楽しむ。実際に、本を読まなくても、毎日のように、背表紙とそうしたやりとりをしていたような気がする。

そんな話を、先日ある建築家に話していたら、いみじくも建築家がおっしゃった。

「モノが与えてくれる情報量って、結構すごいんですよ。たとえばね、エクササイズの器械。あれが、そこらへんに転がってるだけで、多少のエクササイズ効果があるそうです」

そうか、そうなのだ。

家をスッキリきれいにすることばかりにかまけていてはいけない。人はきっと、バカになってしまう。

……と、捨てられない本の山に埋まりながら、私は今日もひとりごちている。これって、いわゆる負け惜しみってやつでしょうか。

名画の見つけかた

ある日、叔母が訪ねてきた。

母が応接間に通そうとすると、

「こんなお高いところじゃなくて、お勝手でいいんですよ。お勝手にしてくださいな」

と、さかんに遠慮する。

だが、台所にはお通しできない深ァい事情というものが、我が家にはあるのである。

応接間のソファになんとか叔母を落ち着かせ、二人は話し始めた。

ふと、叔母がお茶を持つ手をとめて呟《つぶや》いた。

「あれ、あの絵……」

叔母の目は、母の肩越しに、ピアノの横に掛けられている油絵をとらえていた。

「懐《なつ》かしいわぁ。私たちが小さい頃、毎日見ていた絵だわぁ」

それは、父が祖母に譲られた絵だった。私が子供の頃、食堂で毎日見ていた絵でもある。煮炊《にた》きの湯気や、石炭ストーブの煤《すす》、煙草《たばこ》のけむりなどをいっぱいに浴びていたせいもあろうか、暗くくすんでいる。カンバスいっぱいに描かれた花は、背景にとけこんでいて、目を凝らしても、いったい何の花か判《わか》らない。菊だろうか、ダリアだろうか……。

だが、その暗さには重みがあった。風格があった。我が家の絵の中で、私がいちばん好きな絵だった。

叔母も、私と同じ思いだったらしい。やがて、意を決したように口を開いたという。

「この絵、譲っていただけないかしら。お宅はフミちゃんがご活躍なのだもの、なんでもお好きな絵が買えるでしょう？」

そのまま叔母が持って帰ってしまったのか、後から母が届けたのかは知らない。私がその話を聞いたときには、もう絵はなかった。

小さい絵ではなかった。私の心にポッカリ穴があいてしまったような気がした。ピアノの横の壁も、また寂しげだった。二十年以上連れ添った仲だったのである。替わりにどんな絵を持ってきても、満たされた表情をしない。

以来、壁に満足していただけるような絵を探し求めることが、「ご活躍のフミちゃん」の命題となった。だが悲しいかな、なかなか「コレ」という勘が働かない。たまに「コレ」と思うものは高すぎる。値段が折り合うものは、どこかしら軽い。

勘を育てるには、どうすればいいか。

まず、買うことである。

そう思ったのは、南フランスに暮らす友人夫婦のバスルームでだった。

だいたい私は、「この絵が欲しい！」と、熱烈に思ったことがない。これが問題なのである。物心ついた頃からたくさんの絵（決して名画にあらず）に囲まれていたから、絵に対する「飢餓感」が薄いのだ。

バスタブの向こう側の壁には、マティスの絵が掛かっていた。晩年の切り絵の連作『ブルー・ヌード』の一つ。鮮烈な青い絵が、ちょっと水色がかった淡い緑の木枠におさまっている。

「なるほど……」と、私は唸《うな》った。

この家の大家さんは、画家と聞いている。豪壮な邸宅とはとてもいえないが、大家さん自らがペンキを塗り、棚を作り、家具を揃《そろ》えて、小粋《こいき》な居心地のよい空間に仕立ている。あちこちに自分の絵も飾って、家がそのまま、大家さんの作品といってもいい。

なかでも傑作が、この客用のバスルームではなかろうか。

基調は白。白いタイルの床に、白い漆喰の壁と天井。バスタブも洗面台も白である。そこここにアクセントとして、淡いブルーが使われている。たとえば洗面台の上の鏡の枠、小さな引き出しのついた戸棚、窓枠。いかにも、いま塗りましたというようなベタッとした感じではない。ほんの少し年を経て褪《さ》めたような、落ち着いた味わいのある水色。最初から『ブルー・ヌード』をイメージして、このバスルームの色を決めたに違いない。

「さすがですねぇ、大家さん」

お風呂《ふろ》から上がって、感想を述べると、

「ね、ええでしょ、あのバスルーム」

と、友人夫婦が嬉《うれ》しそうに頷《うなず》いた。

「アタシね、あそこにはマティスが絶対合うって思ったんよ。だから、勝手にプレゼントさせてもらったの」

奥さんはちょっと恥ずかしそうに笑って、言葉を続けた。

「プレゼントって言ったって、ポスターやし、なんぼもせぇへんかったけど……」

そのときまた、目からウロコが落ちた。

そうか、はじめはポスターでもいいのだ。ポスターで部屋に合わせてみることだ。

さっそく、ミュージアム・ショップに寄って、ポスターを物色する。

例の『ブルー・ヌード』があった。だが、我が家には似合わない。似合うような部屋がない。光がない。

同じモノクロームでもおとなしめの色がいい。そうね、墨絵のような……。やはり、日本にはそういった感じが合うのかもしれない。

すると、ピカソがサラッと描いたフクロウが見つかった。これこれ、これがいい。どこに飾ろうか。お手洗いはどうかしら。あそこには、母がブリューゲルの『雪中の狩人』を、「ウィーンで見て感動したから」とか言って飾っているけど、まったく合っちゃいない。第一、複製どころか縮小版なのである。言語道断。

額はシンプルな木枠にした。枯れ草色の壁紙と対照をなす、真っ白な地に、黒々としたフクロウ。さすがにピカソである。力がある。

間もなく、兄がお手洗いを借りにきた。四人家族で一つのお手洗いを争う兄一家は、急を要すると、我が家に駆け込む習わしになっている。男性が用を足すときには、必ずフクロウと対峙《たいじ》するはずである。

「なんか、変わってなかった？」

と、お手洗いから出てきた兄に訊《き》いてみる。

「なんかって、何？」

「いい絵が掛かってたと思わない？」

「えっ、あそこに絵なんて、掛かってたっけ？」

こういう兄と同じ遺伝子を分かち合っていると思うと、ピアノの横の壁が心待ちにしている絵は、永遠に探し出せないのではないかと、つい悲観的にもなってしまうのである。

みんないとしい　あとがきにかえて

私はこの家に生まれ、この家に育ったと、この本に書いた。ついにこの家を出ないまま、一生を終えるのではないか、みたいなことも、書いたような気がする。

ところが、風向きが変わった。つまり、ひょっとしたら、死ぬ前にこの家を出なくてはならないかもしれないという可能性が、にわかに浮上したのである。といって、嫁に行くわけではありませんので、ご心配なく（と、書くだけむなしいが）。

私たちの知らない間に、都市計画道路の青写真が描かれており、それによると、我が家の敷地の中に、道路がずいっと通るらしい。

もっとも、まったくの初耳というわけではない。まだ父が生きているころにも、そうした話が持ち上がったことがあった。家の前の道路が、二メートルほど拡張されるというのである。そうなれば、塀際《ぎわ》にある、松も桜も伐《き》られてしまう。

「首吊《つ》りだ！」と、父が気炎をあげた。

「フミコもサトコもおっ母《か》ンも、みんな並んで松の木で首吊って、ウラメシヤーだ」

だが、間もなく、オイル・ショックが日本を襲い、拡張計画は雲散霧消してしまった。

今回は、その話の再燃である。長いこと経済が沈滞している中だけに、今度ばかりはテキも本気だなという感じがする。

父はとうにいない。松もそそり立つように大きくなっていて、首吊りに適当な高さの枝はない。

「そんなことになったら、引っ越しだね」

バスや大型トラックがガンガン行き交う道の前では、暮らせない。

だけど、どこに引っ越せばいいというのだろう。三家族が、つかず離れずゆったりと暮らし、五頭の犬、二匹の猫、一羽の鶏が、それぞれに居場所を持ち、緑がいっぱい、公園にも駅にも近いなんて場所が、今どき、どこにあるだろう。

庭の柿《かき》の木は、父が植えたのだと、母が教えてくれた。

「よそのお宅に伺う約束をしていてね、駅に向かったら、駅の前に市が立っていたの」

父の足はそこで止まった。腰ほどの高さの柿の木を買うと、「これ、植えよう」と、そのまま家に引き返した。「明日、植えればいいじゃないですか」と、小走りにあとを追いかける、母の言葉にはまったく耳を貸さない。

「出掛ける恰好《かっこう》のまま、穴掘って、木を植えて、水をやって。私も着物で何度も水くみをやらされたわ」

その柿の木が、今は大木になり、毎年たわわに実をつける。食べごろになると、ヒヨドリと競うようにして、上の兄がもいで、うちに届けてくれる。

「今年のはおいしいのよ。うちのがいちばんおいしい」

母が皮をむいて、私に勧める。

家を失うということは、このすべてを失うということだろうか。

そう考えると、すべてがいとしい。草ボーボーの庭も、夜中に二時間ごとに長鳴きする鶏も、「私」が散歩させなければならない「兄」の犬も、「私」が勉強をみてやっている「兄」の子も、みんないとしい。

家について書くのはつらい作業だった。今の家のことを書くと、この、目をそむけたくなるようなゴミの山と、向かい合わなければならない。過去に逃げようと思っても、記憶力のとぼしい私の過去は、錆《さび》と埃《ほこり》にまみれている。だが、錆を落とし、埃を払っていくうちに思った。それもこれも、みんないとしい。そうしたたくさんの「いとしい」ものたちに囲まれて、私は生きているのだ。

「モダンリビング」の連載中、締切りに遅れがちな私を、優しく辛抱強くささえてくださった山田誠子さん、そしてこの本のために、時に耐え、時に励まし、時に泣き落としもつかって、ついに怠け者の私に八十枚もの書き下ろしを書かせた、新潮社の郡司裕子さんにお礼を申し上げます。お二方とも、本当に私の「いとしい」かたたちです。

年の瀬に　　檀　ふみ

文庫版あとがき

ドンが庭に埋められたときのことを、ボンヤリとだが、記憶している。

ドンというのは、父が、坂口安吾さんの肝煎《きもい》りで譲ってもらった、超弩級《ちょうどきゅう》の秋田犬だった。気のいい穏やかな犬だったが、それこそクマのように大きくて、散歩に出れば、すれ違う人が頬をひきつらせた。

その巨大な犬を葬《ほうむ》るのである。父ひとりでは、とても力が及ばない。大のおとなが四、五人がかりで、柿の木の近くに大きな穴を掘り、滑車を使ってドンを吊《つ》り上げ、掛け声とともに穴の中におさめたような気がする。

塚を築いたわけでも、墓石があるわけでもないから、それがどこだったか、ハッキリとしたことは、いまではわからない。でも、ドンのお墓は、うちにある。それだけは確かである。

ドンだけではない。ダン家史上最愛の猫、フクちゃんも、誰にも愛されなかった猫、カメも、買ったばかりのペルシャ絨毯《じゅうたん》に粗相をしたザボンも、みんな庭に眠っている。ごめんね、ドン。ごめんね、フクちゃん。カメもザボンも、ごめんね。アナタたちのそばに、ずっといるつもりだったけど、どうやらそういうわけにもいかないらしい。

区役所の主催で「まちづくり懇談会」という名の、道路計画についての説明会が行われるようになったのは、この本が単行本として世に出たころではなかったかと思う。あるとき、役所の人が一人、下の兄のところへ寄ってきて、「妹さんの本、読みました」と、耳もとでささやいた。「妹さんが書かれた通り、今度は、『本気』ですので」

単行本の「あとがき」に、「今度ばかりはテキも本気だなという感じがする」と書いたことに対するリアクションである。

ホントに「本気」だったらしく、つい先日、区役所から、「道路計画の事業認可が下りました」という知らせがきた。兄によると、最初は大勢いた反対派も、いまはうちを含めてたった三軒。この上は裁判に持ち込むしかないらしいが、「そこまでの覚悟がありますか」と、ずっと応援してくださっているかたも、心配顔だという。

駅から我が家へと向かう道には、三つの角がある。最後の角を曲がると、まっすぐ百メートルほど前方に、こんもりした緑におおわれた家が見える。それが、我が家である。

この緑を見るたびに、私の胸は痛む。

ごめんね、山桜さん。ごめんね、松の木さん。楓《かえで》さんも、ごめんね。アナタたちを伐《き》らせるために、せっせと働き、せっせと税金をおさめていたわけじゃないのだけれど。

むかし、植木屋さんに、

「おタクにあるのは、雑木ばっかりだね」

と、言われたことがある。

そのときは、なんで父はもうちょっとマトモな木を植えなかったのだろうと、残念に思ったりもしたものだが、いま、木々が生い茂り、そこだけ林のようになった我が家を見ていると、ふと、父の求めていたものが分かるような気がするのである。父は、武蔵野の雑木林のなかに住まいたかったのではないだろうか。

我が家の前の道は、「ダン坂」と呼ばれているらしい。

「いまどこぉ？　私はダン坂ァ」

と、ときどき、携帯電話を耳にあてながら、歩いている人の声が聞こえてくる。

墓地の八重桜と、うちの山桜とが、競うように枝を伸ばし、ダン坂には自然の天蓋《てんがい》ができている。カーッと太陽が照りつける夏の暑い日に、その天蓋の下に入ると、スーッと天然の涼風を感じる。花の盛りを、楽しみにしてくれている人も多いと思う。

そういう人たちにも、ごめんなさい。確かに落ち葉掃きは大変でしたけど、私たちだって、伐りたいわけではないのです。

お隣の幼なじみ、ユキオちゃんは、年老いたご両親の耳に、道路計画のことはいっさい入れていないという。

うちの母は、そこまで大切にされていないから、「いつになるのかしら」と、しきりに気を揉《も》んでいる。

「大丈夫よ。おばばさまが生きている間は、なんとか頑張るから」

そう慰めると、「ううん、そうじゃないの」と、首を横に振る。

「私は、次にあなたたちがどんなところに暮らすのか、ちゃんと見届けたいのよ！」

私は母のように前向きではないから、怖くて寂しくてならない。

人生を豊かにするのは、お金でも物でもない。幸せな瞬間の記憶である。「何か」を見ることによって、ふと思い出すことがある。

「何か」がなくなってしまえば、思い出のよすがも消えてしまえば、思い出すことがあるのではないだろうか。生まれてから半世紀の記憶が、この家にはいっぱいつまっているのだ。

家についての本を書き、家に染《し》みついた思い出を、しみじみといとおしみはじめたとき、ここにいられなくなる日がくるかもしれない、という心配が生じた。そして、その本が文庫化されることになって、あらためて来し方を懐《なつ》かしんでいたら、心配が現実のものとなって、私の前に立ちふさがった。

なんだか皮肉な巡り合わせである。

モノに対する愛情のうすい性質《たち》だと、この本には書いた。家の悪口も、いっぱい書いたような気がする。しかし、いざ別れを宣告されてみると、この家が、この土地が、私にとってどんなに大切なものか、つくづくと思い知らされる。

これから、どこにどう暮らすのか、「行く末」については、まだ何も考えられない。いましばらくは、この本とともに、「来し方」の思い出にひたっていたい。

梅雨明けを待ちながら　檀　ふみ

生活者の視点で書かれた優れた「住宅論」

中村好文

二年ほど前、檀ふみさんと公開対談をする機会がありました。

ご存知のとおり、檀ふみさんは座談の名手です。人前でお喋《しゃべ》りするのも慣れっこの様子で、壇上でも余裕しゃくしゃく、実に堂々としていました。

私は横綱の胸を借りる幕下力士のような気持ちで対談に臨んだわけですが、話がはじまるやいなや、その檀さんが、

「ナカムラさん、私ね、ホンカク的な女優を目指していたんですけど、いつのまにかホンカク女優になってしまったんですよ」

と、謎《なぞ》めいた発言をされました。

私は言葉の意味を摑《つか》みかねて、思わず檀さんの顔を見つめましたが、目元にあの涼しい微笑を浮かべているだけで、その真意は分かりません。怪訝顔《けげんがお》の私に向かって、檀さんはさらに、

「そういえば、ナカムラさんもホンカク建築家でしたよねぇ？」と、同意を求めるような口調で、追い討ちをかけてきました。私の頭の中に、大小の？が浮かんでは消え、私はもう一度、檀さんの顔をしげしげと見つめずにはいられませんでした。先ほどの目元の微笑はいつのまにか顔全体に拡《ひろ》がっており、檀さんは悪戯《いたずら》好きのモナ・リザみたいな表情になっています。

そして、「仕方ないわね、じゃあ、助け船を出しましょうか？」といった感じで……、

「私は、本、書く、女優」「ナカムラさんも、本、書く、建築家。でしょ？」

うーん、やられました！　会場は、見事に一本とられて絶句する私をからかうような大きな笑い声に包まれました。

その檀ふみさんのホンカク才能に、私は以前から一目も二目も置いていました。歯切れが良く、穏やかなユーモアのセンスとおっとりとした育ちの良さの感じられる文章を読むと、ひなたぼっこでもしているような幸福な気持ちになれるからです。

そんなわけで、『父の縁側、私の書斎』が単行本で出版され、著者の檀さんから美しいサイン入りの本を贈られたときも、顔を綻《ほころ》ばせながらさっそく読み始めました。

ところが、この本はこれまで私が読んだ檀さんの本とはいくらか趣を異にしていました。読み進むうちに、それは、純真な目で真《ま》っ直《す》ぐにものごとを見据える視点と、夢見る乙女のような感受性と、観察力に裏打ちされた辛口の批評精神という檀ふみさんの文章の三つの持ち味が、仲良く同居して陰影のある余情と滋味を生みだしているせいだと気づきました。

この本で語られるのは、住まいにまつわる話と、そこで営まれる日々の暮らしから浮かび上がる所感についてですが、そこには、実は子《こ》煩悩《ぼんのう》でもあった父親＝檀一雄に対する思慕の念が行間から滲《にじ》み出す思い出話や、思わず共感の拍手をおくりたくなる建築的な考察があると同時に、建築家である私の胸をチクリと（ときにはグサリと）刺さずにはおかないエピソードや、耳の痛い意見もあります。つまり、本のそこここに、建築家はもちろん、住まいを暮らしと分かつことのできない容器として大切に考える人なら、決して読み飛ばすことのできない住まいにまつわる達見が、ふんだんに散りばめられています。

私がこの本の中で感心したり、教えられたり、気付かされたり、立ち止まったりした箇所は沢山あります。

とりわけ「土間」と「縁側」という、ひと昔前の日本の住まいには欠かせなかった空間を見直し、現代の住まいにも復活させたい「とっておきの場所」として礼讃《らいさん》しているところなどに、檀さんの卓越した建築的センスを感じ、大きな共感を覚えました。別な言い方をすれば、思わぬところからひょっこり強い味方が現れたような喜びと、頼もしさを感じたのです。

ここは私の大好きな文章なので、ちょっと引用させてもらうと……、「扉の向こうは、三畳ほどの土間。その土間に続いて、上がりがまちがあって、やはり三畳ほどの和室になっていた。

老夫婦は畳の上に座り、私は土間の腰かけに座る。なんと心地のいい空間だったろう。

靴を脱がないことで、私は一線を越えてはおらず、『ごたいそう』な客人とはなっていないという、安堵《あんど》がある。老夫婦も普段着のまま、ゆったり、のんびりと応対している風である。(中略)もう一度、家を建てることがあるなら……、とこのごろよく考える。もう一度、家を建てることがあるなら、まず、土間を作りたい。」

こういう文章を読むと、建築家の私は無性に土間のある家を設計してみたくなりますが、読者には、ぜひ、頭の中でその情景を思い浮かべながら読んで欲しいと思います。

「縁側」については、檀さんはこう書きます。

「縁側には、玄関ほどのよそよそしさ、ものものしさはない。勝手口のような、せわしなさもない。外に向かって、ゆったり、温かく開いている。」

縁側の特徴と美点を見事に活写していて、間然するところがない分析と言って良いと思います。こうした着眼点には、檀ふみさんの建築を見る眼の確かさと見識が感じられて、建築家としては、「おちおちしていられない」気持ちにもなります。

そうそう、この本を読んでいると「おちおちしていられない」どころではなく「身の置きどころのない思い」を味わうこともあります。察しの良い人ならもうお分かりでしょう、そう、檀さんが二十代半ばに一念発起し、建築家に設計を依頼して建てた自宅の様々な不具合について言及しているところです。言及といっても、あの檀ふみさんの筆致ですから、言いつのるというような感じにはならず、どこかユーモアとペーソスのオブラートに包まれているのですが、建築家にとってはちょっとした針のムシロです。読者もこの章をしっかり読んで頭に刻みつけておけば、いつか家を建てる時には、建築家と対等に渡り合えるようになるはずです。さらに、普請《ふしん》の失敗談が、多くの読者の新築する際の生きた教訓となってくれれば、檀ふみさんもあえて自宅の不具合と不満を披瀝《ひれき》した甲斐《かい》があったというものです（私としては、この本がきっかけになって世の中に建築家への不信感が蔓延《まんえん》しなければ良いと祈るばかりですが……)。

中でも「雨漏り」の話は忘れるわけにはいきません。

「雨漏り問題って、結構、建築において重大みたいよ。かっこいい設計であればあるほど、よく雨漏りするって、どっかで読んだもの」(中略)

「そういえば、バジルの小屋が、まったく雨漏りしないもんな」

バジルは飼い犬の名前です。つまり、犬小屋ぐらい簡素な屋根なら雨漏りもしないのに、「望んだわけでもないのに」建築家に押し切られて「かっこいい家」を建ててしまったために、檀さん一家は、雨漏りという厄介な問題を抱え込んでしまったというのです。

ふみさんとお兄さんが憂《うれ》い顔を寄せ合い、こんな調子で話し合うところを読むと、気の弱い私などは、自分が設計した家の雨漏りのように相済まない気持ちで一杯になります。

また、応接間を取り巻く廊下の遥《はる》か高みの天井に設けられたガラスのトップライトの話も、私の顔を曇らせ、うなだれさせるのに充分でした。

ガラス屋根は当然汚れるから、住み手の檀さんとしては、やはりそのガラス拭《ふ》きが気になります。

「汚れたら、いったい誰が拭くんですか」

檀さんは、そう建築家に質《ただ》し、建築家はこう応《こた》えたといいます。

「助手を差し向けます」

しかし、結局、ガラスを拭きに来てくれるはずの助手は、家の完成以来一度もやって来ませんでした。

これを読むと、檀さんと建築家との間に横たわっていた埋めようのない深い溝を覗《のぞ》き込むような思いにとらわれます。そして、この本の圧倒的な説得力は、こうした実話をサラリと語って聞かせる「檀流」の巧みなホンカク術に負うところが大きいのです。

ところで、私は、この本を、著名な小説家を父に持つ、才気溢《あふ》れる女優さんの綴《つづ》った気軽なエッセイ集として読んで欲しくないと思っています。できれば、この本を日々の暮らしの機微を愛し、家を単に住むだけの場所ではなく、遊び、感じ、親しむところにしたいと考える生活者の視点で書かれた、優れた「住宅論」として読んで欲しいのです。

書店には、住宅の実例集や、住宅建築家の紹介本や、住まいの性能に関するノウハウ本など、家に関する多くの書籍が並んでいますが、純粋に住み手の立場で、住まいの内外で起こったこと、感じたこと、考えたこと、夢想したことなどを、背伸びもせず、いじけもせず、遠慮もせず、取り繕いもせず、あくまでも等身大で書かれた本は珍しいと思います。この『父の縁側、私の書斎』が、住まいと暮らしを考える上で、得がたいヒントを与えてくれる本として、世の中に静かに浸透していくことを願ってやみません。

最後に、これから自宅を新築しようとしている方、あるいは、いずれ新築しようと考えている方に、私からアドヴァイスをひとつ。

建築家を選ぶときには、目星をつけた建築家に、とりあえずこの『父の縁側、私の書斎』を手渡して読んでもらい、読後の感想を聞くことにしたらいかがでしょう。この本が、建築家を識別するための「踏み絵」として絶大な効果を発揮してくれることを、同業の私が自信をもって請け合います。

（二〇〇六年七月、建築家）

この作品は二〇〇四年一月新潮社より刊行された。

檀ふみ
阿川佐和子著
太ったんでないのッ!?

キャビアにフォアグラ、お寿司にステーキ。体重計も恐れずひたすら美食に邁進するアガワとダンの、「食」をめぐる往復エッセイ!

阿川佐和子ほか著
ああ、恥ずかし

こんなことまでバラしちゃって、いいの!? 女性ばかり70人の著名人が思い切って明かした、あの失敗、この後悔。文庫オリジナル。

檀一雄著
火宅の人
読売文学賞・日本文学大賞受賞(上・下)

女たち、酒、とめどない放浪……。たとえわが身は〝火宅〟にあろうとも、天然の旅情に忠実に生きたい——。豪放なる魂の記録!

坂口安吾著
白痴

自嘲的なアウトローの生活を送りながら「堕落論」の主張を作品化し、観念的私小説を創造してデカダン派と称される著者の代表作7編。

幸田文著
父・こんなこと

父・幸田露伴の死の模様を描いた「父」。父と娘の日常を生き生きと伝える「こんなこと」。偉大な父を偲ぶ著者の思いが伝わる記録文学。

幸田文著
流れる
新潮社文学賞受賞

大川のほとりの芸者屋に、女中として住み込んだ女の眼を通して、華やかな生活の裏に流れる哀しさをはかなさを詩情豊かに描く名編。

新潮文庫最新刊

塩野七生著
小説 イタリア・ルネサンス4
—再び、ヴェネツィア—
故国へと帰還したマルコ。月日は流れ、トルコとヴェネツィアは一日で世界の命運を決する戦いに突入してしまう。圧巻の完結編！

林真理子著
愉楽にて
家柄、資産、知性。すべてに恵まれた上流階級の男たちの、優雅にして淫蕩な恋愛遊戯の果ては。美しくスキャンダラスな傑作長編。

町田康著
湖畔の愛
創業百年を迎えた老舗ホテルの支配人の新町、フロントの美女あっちゃん、雑用係スカ爺のもとにやってくるのは——。笑劇恋愛小説。

佐藤賢一著
遺訓
「西郷隆盛を守護せよ」。その命を受けたのは沖田総司の再来、甥の芳次郎だった。西郷と庄内武士の熱き絆を描く、渾身の時代長篇。

小山田浩子著
庭
夫。彼岸花。どじょう。娘——。ささやかな日常が変形するとき、「私」の輪郭もまた揺らぎ始める。芥川賞作家の比類なき15編を収録。

花房観音著
うかれ女島
売春島の娼婦だった母親が死んだ。遺されたメモには四人の女の名前。息子は女たちの秘密を探り島へ発つ。衝撃の売春島サスペンス。

新潮文庫最新刊

畠中恵著
むすびつき

若だんなは、だれの生まれ変わりなの？ 金次との不思議な宿命、鈴彦姫の推理など、輪廻転生をめぐる5話を収録したシリーズ17弾。

島田雅彦著
カタストロフ・マニア

地球規模の大停電で機能不全に陥った日本。原発危機、感染症の蔓延、AIの専制……人類滅亡の危機に、一人の青年が立ち向かう。

千早茜著
クローゼット

男性恐怖症の洋服補修士の纏子、男だけど女性服が好きなデパート店員の芳。服飾美術館を舞台に、洋服と、心の傷みに寄り添う物語。

本城雅人著
傍流の記者

組織の中で権力と闘え!! 大手新聞社社会部を舞台に、鎬を削る黄金世代同期六人の男たちの熱い闘いを描く、痛快無比な企業小説。

柿村将彦著
隣のずこずこ
日本ファンタジーノベル大賞受賞

村を焼き、皆を丸呑みする伝説の「権三郎狸」が本当に現れた。中三のはじめは抗おうとするが。衝撃のディストピア・ファンタジー！

塩野七生著
小説 イタリア・ルネサンス3
―ローマ―

「永遠の都」ローマへとたどりついたマルコ。悲しい過去が明らかになったオリンピアとの運命は、ふたたび歴史に翻弄される――。

父《ちち》の縁側《えんがわ》、私《わたし》の書斎《しよさい》

新潮文庫　た－80－2

平成十八年九月一日発行
令和三年二月五日九刷

著者　檀《だん》ふみ
発行者　佐藤隆信
発行所　株式会社 新潮社
郵便番号 一六二―八七一一
東京都新宿区矢来町七一
電話 編集部(〇三)三二六六―五四四〇
読者係(〇三)三二六六―五一一一
http://www.shinchosha.co.jp

価格はカバーに表示してあります。

乱丁・落丁本は、ご面倒ですが小社読者係宛ご送付ください。送料小社負担にてお取替えいたします。

印刷・大日本印刷株式会社　製本・株式会社大進堂

ISBN978-4-10-116152-5 C0195